오늘, 너에게서 희망을 보았다

코맹맹이 소리

- 김인순 교사

내가 아는 좋은 남도의 아낙네
시를 사랑하고 사람을 사랑하고
아이들을 사랑하고
자기 고장을 사랑하는 아낙네

겉으로는 부드럽고 상냥하지만
안으로는 옹골차고 단단한 아낙네
무엇보다도 목포, 자기 고장을 사랑해
목포 정신에 투철한 아낙네

가끔은 전화를 걸어
목포 앞바다 파도 소리를 들려주어서
좋아라 고마워라
그 코맹맹이 소리 어여뻐라

무슨 말을 하든지
거절할 수 없게 만드는 코맹맹이 소리
잘 데리고 잘 살거라
목포 앞바다 파도 소리 데리고 잘 있거라.

시인 나 태 주

나의 동료이자 스승이자 진정한 친구인
김인순 선생님!

그토록 진심으로 바라고 기다렸던 김인순 선
생님의 글이 드디어 책으로 우리 앞에 왔습니
다. 글을 읽노라면, 한평생 수업과 아이들을 사
랑했던 교사로서의 모습, 보다 더 이상적인 교
육환경과 사회변화를 바라는 마음, 세상을 따
뜻하게 바라보는 한 여성으로서의 시선은 잠들
었던 나의 감성을 깨어나게 합니다. 이 책을 읽
고 지금 내가 위로받고 힘을 얻었듯이 이 책을
읽는 모든 이들이 따뜻한 에너지로 채워지리라
확신합니다.

작가 김인순 선생님은 그야말로 학생들을 온
전히 인격체로 받아들이는 분입니다. 이 시대에
어쩌면 저런 교사가 있을까 싶습니다. 가르치다
보면 포기하고 싶은 아이도 있을 텐데, 관심받
기 위해 일탈 행동이나 무기력으로, 혹은 온몸
으로 저항하는 아이들을 늘 변함없는 사랑과

희망으로 보듬었습니다. 가르치는 교사로서 교과 전문성을 위하여 끝없이 탐구하며 지치지 않는 열정을 가진 분이기도 합니다. 그리고 '성장이 있는 배움 수업'을 위하여 아이들이 어떻게 잘 배우는지, 어느 지점에서 힘들어하는지 아이들을 하나하나 세심하게 살피는 교사였습니다.

교사로서의 이런 실천하는 모습은 저에게 많은 감동을 주었고 스스로를 돌아보게 만들었습니다. 덕분에 학생을 바라보는 관점, 갈등을 바라보는 시각 등 교육철학이 바뀌었습니다. 선생님과 함께 근무했던 그 시절은 제가 더 깊이 있는 교사로 거듭나는 인생의 전환점이 되었습니다. 교사로서 어떤 삶을 살아야 하는지 깨닫게 해준, 나를 변화시킨 너무나도 소중하고 고마운 분입니다.

함께 근무했던 ○○중학교는 걸핏하면 학부모들이 교무실로 들이닥쳐 큰소리치기도 하고, 학생들이 담임을 경찰에 고발하는가 하면, 학생들 간 학교폭력이 난무했던 학교였습니다. 이런 분위기에서 혁신학교를 만들어 보고자 김인순 선생님을 중심으로, 많은 선생님들과 함께 경기도의 혁신학교들을 탐방하면서 수업 참관이나 혁신학교 사례를 듣기도 하고, 분야별로 강사들을 초청하여 연수를 개최하였습니다. 교직원들과 전문적 학습공동체를 만들고, 수업 나눔을 했습니다. 어떻게 하면 학생들이 스스로 탐구하게 할 것인지, 서로 협력하여 배우게 할 것인지 고민을 나누며 공동체를 세워나갔습니다. 교사들이 함께 공부하기 시작하면서 모든 것이 하나씩 변하기 시작했습니다.

교사들은 알게 모르게 젖어있는 기존의 응보적 정의의 생활지도 방식에 대한 철저한 자기반성과 함께 회복적 생활교육으로 패러다임을 전환하게 되었고, 교육주체 간에 서로 존중하는 학교문화로 변화되었습니다. 학생들도 선생님들께 존중받으니 일탈 행동을 하는 아이들도 줄어들고, 학부모들과도 연수나 독서모임을 통하여 서로 소통하고 협력하는 관계가 되었습니다. 교육주체들이 함께하면서 학교를 신뢰하게 되었고 모두 함께 아이들을 키워나가는 학교문화가 만들어졌습니다.

김인순 선생님은 혁신부장으로서 학생들을 교육활동의 파트너로, 협력의 주체로 세워 학생 스스로 할 수 있도록 믿고 기다려주면서 배움과 성장을 할 수 있도록 학생자치문

오늘, 너에게서 희망을 보았다

화를 활성화시켰습니다. 그리고 민주적 의사결정구조의 학교문화, 학교 비전과 철학을 함께 세워나가는 교육과정 등 많은 부분에서 학생 중심의 학교문화 전통이 만들어지게 되었습니다. 이러한 학교 변화의 중심에 있었던 분이 김인순 선생님이었습니다. 이는 한 사람의 리더가 학교 변화에 얼마나 중요한지, 한 사람의 힘이 얼마나 큰 것인지 보여주었습니다.

선생님의 책 출간을 다시 한번 축하드립니다.

변 성 희

나는 아직 문학이 무엇인지 작가가 무얼 하는 사람인지 모르던 초등학교 때부터 '너의 꿈이 뭐냐'고 물으면 글 쓰는 사람이라고 답을 했던 것 같다.

사춘기를 겪던 중학교 시절, 그리고 고등학교 시절에는 끓어오르는 감정을 오롯이 편지 형식을 빌린 일기를 쓰면서 해갈했다. 주체할 수 없는 감정도 끄적이다 보면 정리가 되고, 용서가 되고 화해가 되었던 것 같다. 힘들 때 사람마다 푸는 방법이 여러 가지다. 노래를 불러 풀거나, 잠을 자거나, 술을 먹거나, 운동을 하거나, 게임을 하거나, 수다를 하거나 다양한 방법으로 자신의 마음을 푼다. 나는 노래방에 가면 오히려 스트레스가 쌓이고, 술을 먹으면 다음 날 숙취로 후회를 하고, 수다를 떨고 나면 뒤꼭지가 가려울 때 있다. 글은 그런 후유증을 남기지 않았다. 글은 내 인생의 길동무다.

그런데 대학을 선택할 때 국문학을 선택하지 못해 한번 글을 접어야 한다고 생각했던 적이 있다. 그러나 글은 전공을 해야 쓰는 것만은 아니란 걸 금방 알게 되었다. 삶의 현장 어디에서고 글은 쓸 수 있다. 교단에 서서 어려운 학생 앞에서 좌절할 때, 내가 신이었으면 좋겠다는 생각이 드는 막막한 때, '올해 내 글의 주인공으로 삼자. 나의 부처님으로 삼자'라고 생각하면 그 학생을 다시 만날 수 있는 기운을 얻고는 했다.

 나는 가을바람이 심하게 불어오면 내 몸에 냉기가 들어 힘들기도 하지만, 길섶 곳곳을 끼니와 누울 자리를 찾아 서성이는 짐승들이 늘 눈에 밟혔다. 오지랖이었지만 저절로 생기는 마음이라 나도 제어할 수는 없었다. 같은 시선일까? 학교에서 만나는 수많은 학생들 중에 내 눈과 마음을 사로잡는 아이들은 돌봄이 부족해 매일이 상처인 소외당하는 아이들이었다. 그 아이들로 인해 내가 멍들 때도 있었지만 글을 끄적이다 보면 온 가슴으로 그들을 끌어안을 수 있었다.

내 교육 목표만 달성하겠다고 한때 구분 없이 모든 아이들을 똑같이 채찍질했던 날들이 있었다. 내 교직의 아픈 편린들이다. 그럼에도 36년간 멈추지 않았던 내 교단의 실천은 아이들에 대한 사랑이었다. 물론 그 사랑이 일방적이거나 내 중심적이어서 한때는 왜곡되기도 많이 했을 터다. 아니 지금도 내 방식의 사랑이 결코 옳다고만은 할 수 없을 것이다.

　지금까지도 변치 않은 내 꿈은 글을 쓰는 것이다. 내 글로 인해 나뿐만 아니라, 누군가에게 따뜻한 희망을 주었으면 좋겠다. 그리고 그 꿈은 정년 이후에 시작할 것이라고 생각했다. 그런데 정년을 한해 앞둔 지금 여기저기 끄적거린 글들을 모아 보았다. 나도 놀랐다. 150여 편의 시를 찾아내고 드는 생각은 나의 고단한 교단을 한결같이 지켜준 것은 넋두리처럼 끄적거린 글이었구나. 작품이라고 하기에는 부족하고 부끄럽지만 내 교단을 함께 해 온 흔적이며 내 삶을 지탱해준 동무라는 생각에 용기를 내어 출판을 결심했다.

이 순간 한결같이 무조건적인 응원을 통해 내 삶에 용기를 준 성희, 미정, 숙향, 현실, 그리고 그리고 그리고 많은 사람, 친구들이 떠오른다. 많은 글을 기쁘게 봐주신 승희 선생님, 혜주 시인님, 희숙 선생님께 고마움을 전한다. 게다가 10년 이상 격려를 해주시고, 이 글을 출판해 보라고 강권하시며 출판사를 섭외해 주시고 축시까지 자청해 주신 사랑하고 존경하는 나태주 선생님 덕분에 이 글이 출판되었다. 진심으로 감사드린다.

2024. 9.

두륜산 투구봉의 연두색 녹음을 바라보며

호 정

차
례

제 1 부 **너에게서 희망을 보았다**

제2부 **슈퍼우먼의 눈물**

너에게서 희망을 보았다

모델이 되고 싶은 진이

기계충 먹은 뒷머리빡 같은
유달산 자락 온금동 산비탈
대문 겸 방문을 열고
너의 토굴에 들어선다

문간에는
약도 끊은 폐병 삼촌이 팽개친 소주병
욕만 남은 아버지의 막걸리병이 나뒹군다
지린내 나는 부엌엔 이끼 낀 빨간 고무통
부스스 널브러진 파란 수세미
보일러통 옆 젖은 담배꽁초

술 안 사 온다고 부숴버린 진이 방문 앞은
송곳 같은 유리 조각 날 세우는데
뻥 뚫린 창문에 술병 든 모델이 바람 그네를 탄다

오늘, 너에게서 희망을 보았다

엄마가 버리고 간 세 살 적부터
아버지가 진이를 키웠는지
진이가 아버지를 보살폈는지 분간이 없다.
구레나룻 털 속에 한때 날렵했을 콧날과
광채 나는 눈매를 숨긴 아버지는
일하는 날보다 술에 절은 날이 많고
그런 날은 으레 진이를 두들긴다.

견디다 견디다 세상 밖으로 뛰쳐나간 진이
친구를 만나 가족을 느끼고
아저씨를 만나 아버지를 느끼고
총각을 만나 오빠를 느끼고
그렇게 외로움을 견디고 사는 진이야

세상에 희망을 싹 틔울 온기 하나 없는
너의 말라빠진 현실 앞에서
모델 네 꿈이 이루어질 거라는 내 말은
너무나 공허하구나.
오늘도 고개 돌린 진이야.

반장 다송이

햇살이 구름에 덮인 스산한 3월 오후에
넌 가정방문 안내를 맡았다
마지막 순서로 간 너의 집 거실은 냉기가 흘렀다
언니처럼 젊은 엄마는 처음 본 나를 붙들고 가슴을 풀어 놓았다
밖으로만 떠도는 아빠 이야기, 강물같이 흐르고 싶은 삶의 그리움
불안한 눈빛의 엄마에게서 너의 아픔을 짐작할 수 있었다

넌 엄마의 하늘이고 희망이었지
비록 엄마의 기대를 채울 수는 없지만
더더구나 모범생도 아니었지만
너의 곁에는 늘 마음이 멍든 아이들이 있었다.
아니 네가 그 녀석들과 함께 색다른 온기를 만들고 있었다

적당한 거리를 두고
선생님의 일방적인 잣대를 피해 가면서
엄마의 채찍 같은 요구는 피해 가면서
네가 지켜야 할 자존심과 챙겨야 할 친구들
모두 함께 공존하는 법을 터득했구나

욕심이 만든 채찍질은 멀리 피해 가고

격려와 이해와 칭찬의 말에만 가슴을 열던 너

내가 너를 키운 것이 아니라 네가 나를 가르쳤구나.

가슴이 따스한 다송아.

유라

갓 서른 초반의 엄마를 둔
키가 170, 하얀 얼굴에 오뚝한 코
흔들리는 눈빛을 가진 유라

천 길 그 속을 들여다보고 싶어
가정방문하는 길
골목 초입을 요리조리 돌아서 대문 앞에 멈추더니
차마 선생님만 들어가랍니다.
더듬어 들어가니 방 한 칸을 커튼으로 경계 지어
새 아빠와 엄마는 주방 쪽을 쓰고
다리도 펼 수 없는 윗목이 유라의 방이네요
20대에 고운 얼굴 금이 가도록 한세상 다 살아버린 엄마는
새 아빠의 어깨에 아픈 육신과 딸린 자식을 의탁해 살아갑니다
그래서 유라의 눈빛이 흔들리면 엄마 가슴은 새가 됩니다.
유라의 눈빛은
엄마를 지켜주고 싶은 바람과
둥지를 벗어나고픈 저울대 위에서 춤을 춥니다.

세상의 차가움을 먼저 배워버린 유라는

말보다 가슴으로 통할 아픈 친구들과 동무하여

친구들의 귀가 되고 입이 되고 엄마 품이 되어주기도 합니다

때로 학교나 집에는 못 가더라도 아픈 친구는 외면할 수가 없
습니다

그 아픔이 유라의 아픔이기도 하니까요

그런 유라의 별칭은 문제아랍니다

세상을 따뜻하게 할 온기를 가졌다는

선생님의 믿음을 등불 삼아

유라는

연예인 꿈을 접고 상담사가 되기로 했습니다

아픈 사람들 마음은 보듬어 보겠다고..

독백

경찰이 학교를 드나든다
후배들을 조직하여 폼을 잡고
껌을 팔아 돈도 벌고
노래방에 가서 돌림 뺨을 때려 후배에게 각도 세워야 하는데
일진 활동 개시도 전에 일망타진 된서리를 맞았다

폭력 조직은 없애야지만
손은 안으로 굽는 거라
일진 짱 희야를 단도리한다
어울리지 마라 싸우지 마라
복장을 바르게 해라
다른 재미를 찾아보자

상실감으로 방황하던 희야가
반에서 새로운 패거리를 만들었다
녀석들이 교무실에 불려와 혼나고 시끄러워진다
와중에 착하지만 규칙에 서툰 슬이가
희야 뒤를 쫓아다니다가 상처투성이가 된다

함께 어울리면서도 서로 치유하는 방법은 없을까
슬이 어머니께 드린 상담이 오히려 갈등의 불씨를 만들었다
"희야와 놀지 마라. 희야 친구랑도 놀지 마라."
슬이가 너무 소중한 엄마는 단속을 했고
희야와 부모님은 눈이 뒤집혀 선생이 이간질을 했단다
아동학대란다

가슴이 우둔거려 며칠째 혓바늘이 돋는다
말이 모습이 있다면 사진이라도 찍어 보일 텐데.
함께 사는 길이 다 같이 사는 길이라고 설명하기가
이리도 어려운가?

냉랭한 희야의 눈빛을 녹일 기나긴 사랑의 여정이여.

선생들은 이러고도 삽니다

결국,
일이 터지고야 말았지요
희야 엄마에게 멱살만 안 잡혔지 요절이 났지요
선생 별것 아닙니다. 권위요? 자식이 인질이라고요?

일진이라 했다고, 경찰의 출현에 과민 반응했다고
패거리 지어 다니는 아이들과 못 놀게 했다고.
인생에 태클 걸지 말라고, 꽃으로도 때리지 말라고….
어떤 진실도 통하지 않는 막무가내 주장 앞에
시장 바닥에 발가벗겨져 내동댕이쳐진 자존감
선생이 뭐냐고요.
쏟은 정성에 대한 감사는 언감생심
한 치 앞을 알 수 없는 두려움에 떨면서도
아이들 앞에서 나는 선생이니까
용을 써서
우리 반 운영 중간 평가를 했어요
잘못되고 있다면 담임을 바꿔야 하니까

그래도 아이들은 담임에 대해

학급 운영에 대해

친구들에 대해 긍정적으로 답을 하네요

우둔거리던 가슴 거짓말처럼 잔잔해지며

위로가 되고 힘이 됩니다

그새 주책없이 희야 부모님에 대한 연민이 싹트네요

불과 이틀 만에 용서해 드리고 싶어집니다

긴 편지도 쓰고 싶습니다

올 안에 녀석의 미소를 찾을 수 있을 것도 같습니다.

선생들은 그러고 삽니다.

나이 사십에

수학여행 장소를 정하는데
아이들은 제주도로 가고 싶다 하는데
교장 선생님은 절대 안 된단다
학생들의 의견은 비교육적이어서
아이들 말을 들어주면 교육을 망친단다
동료들은 귀찮아 그냥 교장 말을 듣자는데
유독 권 선생만은 안 된다고 한다
아이들 의견도 소중하다고

나이 사십의
그녀는 홀로 서서
모두 번거롭다는데도
굳이 돌아서 처음부터 다시 가잔다.

나이 사십에
나는 부끄러움을 느낀다.
그녀의 뜨겁고 아름다운 노랫말을 들으며

상식

300명 학생이 먹는 물이 정수기 한 대
쉬는 시간마다 벌어지는 아수라 전쟁
대책을 세워 달라 했더니 정수기는 세균의 온상이라
안전한 수돗물을 먹이라나

시에서 안전하다는 판정이 났으니
수돗물을 먹는 것은 상식이다
커피나 녹차를 마시는 것이
개인 취향인 것처럼 수돗물을 못 먹는 학생은
준비해 와 먹게 하라

교장 선생님도 교사들도 먹지 않는 수돗물을
학생에게 먹으라고 할 수는 없다
내게는 이것이 상식이다

옥신각신
오늘도 얼음장이 되어버린 개떡 같은 교직원회의.

명문고 체육시간

명문고 우수반

앞구르기 뒤구르기 하는 체육시간

서울대 지역균형 관리받는 지후는

세 번 구르고 토하고

상훈이는 식은땀 흘려보지만

뒤구르기가 안 돼

인생은 앞만 보고 달리는 것 아니다

때로는 뒤도 돌아볼 줄 알아야 해

체력이 이래서야 대한민국을 어찌 너희에게 맡기겠냐?

체육교사 훈화에 그러거나 말거나

앞구르기가 대학 보내 주냐?

수군거리는 머리와 입만 있는 아이들.

너희들은 알까

연이와 신애가 수업시간 마주 보며 속닥속닥
이름 부르면 속상해할까 봐
눈 끔벅이며 신호를 보냈다

잠시뿐,
금세 돌아앉아 또 수군거린다
이번에는 그쪽으로 가서 어깨를 잡아 바로 앉혔다.
아 예~
오 분도 안 되어 부스럭부스럭 과자를 까먹는다
수업시간에는 과자 먹지 마라
집중하라는 말에
한참을 쏘아 보더니
슬그머니 초콜릿 하나를 까서 내게 내민다
녀석들이 살아남는 필살기

신애가 가래가 나온다며 화장실엘 간단다
놔두면 창밖으로 확 뱉어버릴 태세다
얼른 다녀와
나도 화장실!
연이가 같이 일어서려 한다
그건 아니다 너는 공부하자
나 선생님 싫어! 신애는 가고 나는 못 가고
차별하니까 학교 오기 싫어!

샘, 감기가 와서 죽겠어요. 십 분만 잘게요.
눈도 아파요
렌즈 좀 제발 끼지 마라.
그러다 눈 상하면 큰일이다.
매번 달래고 어르지만
녀석들에게 수업은 안중에도 없다
저 녀석들은 왜 학교에 올까?
화내면 바로 삐져
학교가 괴롭혀 학교를 못 다니겠다고
머리꼭지까지 흥분하는데

삼십 명 젖혀두고 녀석들과 실랑이만 할 수 없다는걸
알 리가 없겠지.

오늘 너에게서 희망을 보았다

내 수업시간에는 엎드려 자거나
등 돌려 얘기하거나
창밖 내다보며 멍때리던 주희가
영어 시험은 어찌나 열심히 푸는지
세상에 저런 모습도 있었구나
다가가 머리를 두 손으로 꼭 감싸며
열심히 하는 네 모습 넘 예쁘다고 했더니
어라
피식 웃기도 하네

늘 내 가슴에 얹힌 응어리처럼
어쩌지 못해 두방망이질하다가도
너에게 더 많은 사랑과 관심 주지 못한 것 미안해
선생님이 더 잘하려 노력할게
너도 외면하거나 포기하지 마
지금 널 기다리고 있단다
마음 달랬더랬는데

오늘은
너에게서 희망을 보았다.

딸에게

오늘도 넌 자정 넘어 집에 온다.
내신 성적 한 등급 올려야 간다는 대학
두 어깨에 짊어지고
호랭이보다 무섭다는 밤길을 더듬어
타박타박 집으로 온다.

참꽃 머리에 꽂고 뒷동산 타며
산딸기 덤불 속 헤집어 입술 빨갛던
내 어릴 적 꿈 대신
학원, 과외, 시험
선진국 장밋빛 전망에도
능개비 자욱한 아이들의 미래

됐다!
화려한 미래 아니어도
뜨거운 열정으로
세상을 보듬고 가렴.

수능감독 1

시험 시작하고 10분
창밖 바람만이 숨을 고르네
고개 숙인 수험생 등판에 줄 세워질 미래가 무거워
외로 한 발만 빼면 부적응아 문제아
요리조리 피해서 견뎌온 17년
오늘 한판 승부인데
그새 한 아이 책상에 꿈을 눕히네

다리를 떠는 아이
시험지를 뒤적뒤적 뒤집는 아이
마음을 동동거리다
에라 모르겠다 팔베개에 기대는 마음
여남은 명 남은 아이 연필로 이마를 치거나
한숨을 천정에 날리거나
연필을 굴려보다가
답지에 까만 미래를 메우네
답 사이로 허망하게 빠져나가는
변호사 의사 교사 간호사.

날기를 배우는 미꾸라지

금붕어, 미꾸라지, 피리, 명태….
토끼, 여우, 호랑이, 참새, 까마귀….
모두 모인 학교
물고기는 날기를
새들은 수영을 배웁니다

물에서 힘이 나는 미꾸라지 철우가
날기를 배우다 지쳐 시냇가로
땡땡이를 쳤습니다
"철우는 땡땡이쟁이
선생님과 약속을 어기고
피시방으로 놀러 간 철우
선생님은 그런 철우를 마지막까지 데려왔는데.
반성도 잠시 철우는 또 교문을 나서네.
선생님의 걱정은 하늘은 찌르는데
철우는 후회만 한다."*
오늘도 여우선생님께 미꾸라지 철우가 시를 씁니다

지느러미 퍼덕여 날갯짓하는 고달픈 철우의 일상.

---

* 인용 부분("")은 철우가 반성문으로 직접 쓴 시

현이는 적응 중

키는 178
몸무게 75킬로
중학 1학년 현이를 처음 보고
친구들은 늠름하다 했다가
무섭다고 했다가
시간이 지나면
남학생은 물론
여자애들도 까치발로 코앞에 서서
잠시도 가만히 못 있는
녀석을 따지고 이겨 먹는다
울그락불그락 얼굴로 씩씩대다가
분풀이는 선생님한테 일러대는 걸로
쌤 ○○이 과자 먹어요
쌤 ○○이 떠들었어요
쌤 ○○이 청소 안 했어요
일른보(고자질) 놀이가 시들하면
멍하게 앉아 코딱지를 후비는

마음은 초딩인
적응앓이 소년.

오른쪽 유전자

신석기 시대 사람들은 구릉지에 거주했어.

구릉지가 뭐예요?

언덕이나 낮은 산지야

거주는 뭐예요?

그럼 살다가 영어로 뭐게?

리브요 리브! LIVE!

재잘재잘 이제야 알겠다는

영어로 설명해야 알아듣는 아이들

맞춤 공부 잘한 '어륀지' 시대 유능한 너희들

우리말 사전이 있는지나 아는지

일본어만 잘해야 살아남았던

아픔의 오른쪽 유전자 여전히 흐르고.

바람돌이 찬이

출근길 돌개바람처럼 나타나
달려가며 외치는 말
선생님
나 자고 났더니 키가 더 컸어요
그래? 잘했네 쑥쑥 크게 많이 자거라
저 힘 세지면 성형도 할 거예요?
왜?
지금도 멋진데?
선생님 오거리파 아세요?
잘 모르겠는데 왜?
힘이 엄청 세서 다 무서워해요
나 거기 가고 싶어요
왜 힘이 세지고 싶은데 누가 무시해?
아니요 멋있잖아요
오거리파는 너한테 안 어울려
지금 찬이가 더 멋져
그래요?
그럼 안 갈게요
그런데 성형은 할 거예요
멋져지고 싶어요

그새 저만치 보건실 지나 현관 거울 앞에서

여드름 짜는 찬이.

배롱나무

천지가 꽃으로 새싹으로 법석을 떨건만
꿈쩍 않고 자다가
5월이 되어서야 기지개 켜는 배롱나무

시나브로 잎 열고 꽃 피워
벚나무 잎 떨구는 시월까지
앞서거니 뒤서거니 백 일 동안 꽃을 피우네

매화처럼 얼른 꽃 피우라고
너를 위해서라고
영양제 주면서 흔들어 깨웠으면 어찌 되었을까?

나무보다
더 다른 우리 아이들은?

다운이

미술 시험지 받아든 다운이
막대사탕 쪽쪽 빠는데
"사탕 뱉어라."
"사탕 먹으면 시험 잘 본다고요."
행여 뺏길 새라 아드득 씹어 먹고 용감하게 사인펜을 들었는데
십 분이 못 되어 두꺼비처럼 엎드려 잠을 잔다
톡톡 깨웠더니 초콜릿, 사탕, 껌 껍질이 질레발레 붙은 얼굴로
멋쩍게 웃는다
답지 걷자마자 허연 등짝 내놓고 교실 바닥에
철퍼덕 앉아 공기를 잘도 줍는다
"시험인데 오늘 공기하는 것은 좀 그렇지?"
"아따, 긴장 풀어야죠."
전쟁터에서도 우북하게 자라날 쑥대 같은 아이.

수캉아지

매시간 허벅진 등판 보이며 자는 것이 일상인 우빈이가
오늘 눈 찢어지게 웃으며 반색한다
쌤, 자위대가 뭐예요?
일본 현대사를 배우는 시간
태평양 전쟁 설명하려 칠판지도 꺼냈더니
허걱! 희석이 고추 안 만져도 16센티!
그 밑에 털이 쫑긋쫑긋한 거시기가 용용하게 그려져 있다
자위대? 뭐라고 생각해?
스스로 위로하는 거요 ㅋㅋ
자위하는 군대요 ㅎㅎ
물 준 가을배추처럼
거시기만 나오면 자다가도 벌떡 일어나
낄낄낄 신이 난 아이들.

2점

경아가 사회 2점을 받았다.
채점이 잘못됐나, 표기를 잘못했나,
아무리 살펴봐도 이상이 없다.
수업 시간 굳은 표정이거나 엎드려 있긴 했지만
내내 무단결석한 진이도 3번만 찍어서 20점이다
불러서 물었더니
사회 싫어요. 선생님이 아이들 앞에서 꼽 줬잖아요
9시를 넘어 학교 온 녀석에게
너 교문에 안 걸리려 일부러 이제 왔지?
물은 것이 정곡을 찔렀던 모양
제대로 애들 앞에서 자존심 구긴 것이다

기가 막혀 등판을 때려줄까 아연해하다
덩치와는 무관하게 예민할 수 있다는 걸
차마 미안하다는 말은 못하고
'말로 하지, 그렇다고 점수로 자해를 해?' 하며 돌아섰는데

그러고도 며칠을 엎드려 있거나
경아야 불러도 냉담하더니
'축제 때 붙은 시화 참 잘 썼더라' 칭찬 한마디에
'그죠? 잘 썼죠?' 그제야 눈을 맞춘다.

보연이의 일기

열한 시 반에 집에 갔더니 동생보다 빨리 왔다며 눈 흘기는 엄마, 지금도 충분히 절여놓은 배추 같은 내 몸뚱이 침대에 눕히지도 못하고 엄마 눈치 보느라 다시 책상에 앉는다. 다들 공부를 잘하는데 왜 난 성적이 안 오를까? 엄마 말대로 구제 불능에 밥값도 못하는 식충이인가? 어른 되면 안다는데 이리 공부해서 어른은 되는 걸까? 그런데 내 머릿속은 밤낮 흐리멍텅 잠만 오는 걸까? 용써서 겨우 성적 올려 본란 듯이 자랑했더니 고것도 성적이냐고, 그래가지고 어디 사람 구실이라도 하겠냐고 다그치는 우리 엄마. 물려줄 재산 없어 공부라도 해 먹고 살아야 한다는데 난 공부를 못하니 먹고 살기는 글렀고 차라리 없어져 주는 게 나은 걸까?

오늘도 학교 끝나면 학원 가서 저녁은 라면으로 때우고, 학교에서도 안 맞는 매를 맞아가며 성의 있다는 학원 선생님 지도로 줄창 시험공부 하겠지. 다 나를 위해서라는데 난 왜 비뚤어졌을까? 떠오르는 건 다 부수고 도망가고 싶은 마음뿐.

중학생 은지의 일기

　시험 기간 학원에서 야간 자율학습을 한다. 네 시에 학교 끝나고 다섯 시에 학원에 간다. 저녁밥은 미니스톱에서 라면으로 때우고, 학교보다 한 단원 먼저 나가는 전 과목 수업을 듣는다. 아홉 시까지는 어떻게 버티는데 그 이후에 쏟아지는 잠, 눈앞이 뿌옇게 흐려지고 눈꺼풀이 자꾸 내려간다. 열두 시에 집에 가 씻고 나면 확 달아나는 잠. 내 속에 청개구리가 있나. 나보다 늦게 자는 애들도 여섯 시에 일어난다는데, 난 일곱 시에야 겨우 일어나 아침밥 먹을 새도 없이 학교에 간다. 난 왜 이리 엄살쟁이일까?

　수업 시간 내내 흐릿한 물체가 어른거릴 뿐, 아무것도 들리지 않는다. 이따금 정신 차려보면 학원에서 들었던 소리 재탕하니 식상하다. 하루 중 영양 고려하여 내 몫의 밥을 챙겨 먹을 수 있는 점심시간, 줄 서서 기다리는 아이들이 있어 허겁지겁 먹는다지만 그래도 기다려지는 유일한 시간.

　난 밤늦게까지 학원에 있기 싫은데, 자습을 하지 않으려면 학원을 그만두란다. 학원 다녀도 성적은 늘 그 자리인데 엄마는 왜 학원에 가라고 할까? 밤늦게까지 학원에 있어도 공부 안되는 건 것은 똑같지만, 재밌는 일도 가끔 있어. 친구가 소개해 준 남친과 눈빛 교환하며 책상 밑에서 문자를 하는 쏠쏠한 스릴, 시곗바늘처럼 반복되는 학교와 학원 사이.

전학 온 장미

신도심 아파트 단지 속에 있는 학교
손바닥만 한 운동장과 깻잎만 한 화단
이른 봄 햇살 한 줌에도 빨간 명자꽃 흐드러진 봄이 왔는데
어느 해 백만 그루 나무 심기 운동으로 명자 뿌리까지 뽑힌 자
리에
몸피 작은 장미 수백 그루가 전학 와 학생들 이름표 달았다
장미는 장미의 자리가 있었는지
성한 나무 하나 없이 시드는 중에도 급하게 꽃봉오리 맺다가
누렇게 겨우 피었으나 꽃술부터 검게 썩어간다
비리비리 못 먹은 난민촌에 버려진 아이 같은 꽃

아침은 늦어서 못 먹고, 저녁은 학원에서 라면으로 때우며
아버지 수입 절반 뚝 떼어 학원에 바치는 어머니 교육열에
오늘도 12시까지 학원에서 있을 은영이, 예은이
학교 오면 꾸벅꾸벅 성적은 반에서 30등 33등
왜 가느냐 물으면 그래도 거기가 있어야 엄마가 안심한다나
잘 자고 잘 쉬고 잘 놀면서 따뜻한 지지 수북이 받으면
노랗고 빨간 꽃 화사하게 필 텐데
아무래도 자리 잘못 잡은 장미 같은 아이들.

수능 유의사항

12년을 오롯이 공부해

단방에 인생이 결정되는

중요한 날인 만큼

옆 중학교 체험학습 떠나고

앞 초등학교 종소리 죽였으며

화재경보기도 모두 껐습니다.

국가 차원에서 하늘을 나는

항공기도 운항을 중단시켰는데

뒷집 개가 문제입니다.

낯선 사람만 보면

컹컹 짖사오니

감독관 여러분은 뒤뜰 오가는 걸 삼가십시오.

요즘 엄마

등교 시간 한참 지나 허겁지겁 달려온 은영이
왜 늦었어?
늦잠 자다 여덟 시에 일어났어요
엄마 안 계셔?
엄마도 자는데요
엄마가 아침밥 안 주셔?
네 아침밥 안 먹는데요
그럼 오빠는?
오빠는 밥 안 먹고 빨리 가요
엄마 아빠도 아침 안 드셔?
천천히 일어나 드시겠죠
배 안 고파?
우유 급식 먹으면 돼요
그럼 저녁은 어디서 먹어?
학원에서 라면 사 먹어요
엄마는 뭐 하시는데?
집에 계세요.
엄마한테 전화해야겠다.
엄마 마녀손톱에 계실걸요.

수능감독 2

하이고 몸살 난 건가

누가 나를 두들겨 팬 것도 아닌데

해는 너울너울 학교 서편 지붕에 걸리고

아이들 운명이 판가름 날 즈음

무릎은 삐꺽, 뒤 목은 우두둑

허리께는 묵지근

글쎄 종일 한 일이라고는

꼼짝 않고 서서

눈 부릅뜨고 아이들 감시하거나

방귀 뀌지 않으려 엉덩이 비비적댄 것

잠자는 녀석 바래진 팬티나 엉덩이 본 것뿐인데

무거운 정적에 짓눌려 어깨가 천근

아, 땅 파고 등짐 지는 신성한 노동이

그리운 날이여!

더디 피는 꽃

목련꽃 진 자리 손바닥만 한 잎이 벙글고
라일락 향 저만치 아지랑이로 피어오르는
핑그르르 꽃잎들 미끄럼 타는 거리에
4월이 다 가도록
가지 축 늘어뜨리고 잠 속에 빠진 나무
칠 벗겨진 밥상처럼 얼룩덜룩 헐벗은 배롱
흔들어 본들 깨어나리
때 되면 화들짝 일어나 부산하게 잎 열고
꽃 피울 것을

남들 오 분이면 외우는 단어
한 시간을 외워도 안 되는 선희지만
노래와 춤은 누구보다 잘 추는 인싸
영어 못한다며
학교에선 두드림, 집에서는 심야 과외

매화도 목련도 벚꽃도 라일락도 아닌
선희는
4월이 기우는 날까지 늘어지게 자야만
선홍색 꽃잎 피울 백일홍인데.

사회시험 좆다 어려워

사회시험 좆다 어려워!
감독 들어간 내게 대영이가 대뜸 시비다
공부 많이 했는데 시험 못 봤어? 다음엔 쉽게 낼게.
그런데 뭐라고?
사회시험 좆다 어려워
사회시험 좆다 어려워
그 말 멋지다
아이들은 피식 웃고 대영이는 멋쩍어한다

주의가 산만하여 수업 시간마다 걸리는데
미련한 선생이
대영이 해야 할 순간에 재영이라 해서
나 사회 선생님 대따 싫어! 내 이름도 모르고
지 잘못은 어디 가고 되레 씩씩거리는 대영이

처음엔 불끈
나도 니가 싫거든
입씨름하다가 난 대영이가 젤 좋아했더니
얼굴에 부끄럼 돌며 네 하던 대영이
오늘 니가 내 시의 주인공이다.

목련의 꿈

초등학교 4층 건물 뒤뜰은 언제나 11월 같은 그늘이 주인입니다
싸우러 오는 아이들이 찾아와 주먹다짐하다 선생님에게 끌려
가고
담장 밖은 꽃들 피거니 지거니 야단인데
햇볕 한 줌 못 본 목련 늦게서야 하이얀 꽃망울 벙글었습니다.
싸우던 아이들이 터진 코피 쓱쓱 나무 둥치에 문지르던 그 나무
한 가지에 한 송이 겨우 필 듯 말 듯 흰 카나리아 몇 쌍이 앉은
성싶은
남보다 늦은 꿈이지만 여리여리 이리도 어여쁜 것을

그늘에서 만든 꿈, 혼자서 꾸는 꿈, 바람만이 아는 꿈,
싸우다 지친 녀석들이 눈물 쓱 닦으며 쳐다보는 꿈
간절함이 꽃으로 피어나는 꿈.

명문고 수행평가

엄마

수행평가는 서울대 지역균형 학생들 성적 불안할 때 보완해주기 위해 만든 거지요?

엥? 아니거든 결과가 아니라 수업 과정을 보고 도와주려는 거야

아니던데요 지균 학생이 시험을 못 보면 수행으로 보충해 주던데요.

너희가 뭔가 오해하고 있는 거겠지

아니거든요 엄마가 아는 것은 이론이고요 현실은 다르다니까요 교과서에서 나온 말이 현실인 것 봤어요?

엄마는 선생님인데 너무 순진해.

명문고 우수반 1

준영이네 학교에 두 개의 우수반이 있는데

두 반을 다시 여섯 개로 쪼개 조금씩 차등 교육을 시켜요

준영이는 그중 여섯 번째 봉사반인데요

성실반 근면반 아이들은 봉사반 아이들을 쓰레기라고 부르고

봉사반 아이들은 보통반 아이들을 거지새끼들이라 부르지요

우수반은 시험을 못 보면 언제든 아랫반이 될 수 있지요

우수반 들어올 가능성 있는 보통반 아이 셋이

봉사반에서 자습을 하는데 아이들은 쥐 잡듯 괴롭혀요

혹시나 졸면 치약을 얼굴에 뿌리고 가만있으면 욕을 하거나 밀어뜨리고

결국 며칠씩 못 오게 만들어 놓지요

보통반 아이들은 우수반을 지날 때 전등을 끄고

날쌔게 도망가거나 욕을 하고 내빼지요

그러면 선생님이 사람은 인성이 되어야 한다고 훈화를 하시는데

인성이 좋은 학교가 입학사정관제에 유리하다나요

좋은 대학 가기 위해 경쟁도 하고, 좋은 대학 가기 위해 인성도 키우는

대학에 딱 필요한 인재만을 기르는 명문고 우수반

인재들이 자라 주인이 되었을 때

보통 국민들을 무어라 부를까요?

명문고 우수반 2

- 미술 시험

내신 성적에 반영되지 않은 미술 필기시험시간, 감독교사는 들어와 5분 만에 걷을 테니 빨리 풀어 제출하란다. 영어, 수학 한 문제에 울고 웃던 아이들, 시험지 배부도 하기 전에 답지 완성하고 잠을 청하거나, 답이 아닌 그림을 그려놓고 킥킥대는데, 미술 선생 이걸 보고 너희들 우수반 필요 없어. 내 목을 걸고 전원 10점 감점하겠다는 엄포에도 "맘대로 하세요." 이죽거리며, 음악도 미술도 어떤 예술도 점수가 아니면 거들떠도 안 보는 대한민국 꿈나무 명문고 영재들.

키 작은 옥수수

비 많던 여름 견뎌 낸 산비탈 밭에
여드름 송골송골
팔뚝 탄탄한 머슴아 참깨랑
아기 손바닥만 한 잎 팔랑이며
씨방 영그는 들깨도 한창인데
밭두둑 지키라 심은 옥수수는
서숙* 모종처럼 파리하다.

영암 나들목 옥수수 전에
바람 길손만 천막 기웃거리는데
알곡 한번 품어나 봤을까
저 옥수수
가는 대 시들지 못하고 할랑이는 게
키 140 우리 반 희영이 같다

---

* 서숙: 조

몸피 적다고
열매 못 맺는 것 아니겠지만
아버지가 주정뱅일까
엄마가 집을 나갔을까
어려서 몹시 아팠을까
찬 바람 부는 이 밤,
자꾸 눈 가렵고
재채기 난다.

졸업

애들아, 경제가 어렵잖아 교복 물려주기 하면 어떨까?
싫어요 교복이 얼만데 그냥 물려줘요
교복 물려주면 그 이쁜 마음에게 오천원 줄게
싫어요 더 받고 팔래요.
교복 필요한 사람에게 공짜로 줄 텐데?
그건 선생님 사정이고요

정나미 떨어져서 얼른 보내 버리려고 했다
한 명 한 명에게 구구절절 쓰던 편지도 포기했다
마음 주지 않으리라 오늘만 지나가라 했다
기필코 내년에는 담임을 쉬리라

졸업식장의 마지막 종례 시간
준비한 돈이 부족할 만큼 교복을 내놓고
나의 부처님 경아 '선생님, 연락할게요' 울고
성깔만 부리던 슬아 '선생님 죄송했어요' 울고
알고 속고 모르고 속이던 새롬이 선생님 두고 어찌 가요' 울고
내 말마다 '싫어요' 하던 림이가 팔짱 끼며 사진을 찍고
손잡으면 벌레나 닿은 듯 피하던 혜선이 '선생님 사랑해요' 웃는다.
마음 한 조각도 끄집어내지 않으리란 빗장 그새 풀려
내내 울먹이며 졸업장을 준다. 이래서 아기를 또 낳는구나

얼핏 뒤쪽에서 서성이는 윤아,
마지막 날까지 '하기 싫어요. 왜 해요?' 말투에 절망하느라
녀석을 헤아릴 엄두 여적 못 냈었네.

좆도 아니네 뭐

체육대회에서 일등을 한 이학년 사반
자리를 잘 지키고 하나 되는 모습 예쁘고 고마워
담임이 삼겹살 잔치를 벌였다
실컷 먹고 기운이 난 아이들
교실이나 복도에서 무논 개구리 마냥 와왁거렸다
힘내서 공부하라고 담임이 큰 심 썼는데
이리 떠들어도 되는 거냐 너희들!
했더니, 나서기 좋아하는 석이가 대뜸 한다는 말
돈 얼마 들었어요?
답하기 그랬지만 말 안 하기 더 어색해
십육만원 들었거든 하자마자
'좆도 아니네 뭐!'
순간 뭣도 아닌 것이 되어버린 서늘한 분위기
그래도 잘 먹었지 했더니
네! 목젖이 찢어진다.

사랑스런 거짓말

청소년기 갈등과 고민에 대해 글쓰기 하는 시간, 와글와글 장바닥 겨우 정리해, 몇 번이나 주제 불러주고 함께 합창도 시켜, 겨우 사각사각 누에 뽕잎 먹는 소리 들린다 했는데, 한참 지나 지훈이가 손을 번쩍 든다. 선생님 뭣 쓰라고요? 입 딱 벌리고 화를 버럭 내려는데, 고개 갸웃하며 쌤, 저 중이염이라 잘 안 들리거든요. 애교 부리는 바람에

그래 내가 졌다. 청소년기 갈등이 어쩌고저쩌고….

첫 시험

1학년 남학생 중간고사 첫 시간
10여 분 만에 시험 끝내놓고
미어캣마냥 고개 쭉 빼서
이리저리 쫑긋쫑긋
오이밭에 가서 신발 끈 고치면 안 된다! 했더니
뭔 말씀? 한다
오해받지 않으려면 고개 돌리지 말라고! 했더니
컨닝 안 한다고요
차라리 자라 했더니 잠은 안 온단다
그럼 시험을 주제로 시를 쓰라고 했더니
갸웃갸웃하다가 쓱쓱 글 쓰며 조용해진다
수정하겠다 손드는 녀석은 왜 그리 많은지
여기서 번쩍 저기서 번쩍 답지가 모자라
수정 테이프 빌려 발이 닳게 교실 쏘다닌다

아직 펄펄 살아 퍼덕이는 저 생물들
그새 망보기도 지쳤는지 이제 걷자고 졸라댄다

하이고 시간은 20분이나 남았는데 글쎄….

어느 별에서 왔을까

1교시 시험감독을 들어간다

와~ 파도 같은 환호성

밀물같이 달려와서

선생님 가슴이 떨려요

공부한 것이 기억이 안 나요.

전 왜 안 떨릴까요

어젯밤 궁금한 것 있었는데

주무실까 봐 전화 안 했어요

30점 맞을 것 같아요

토끼 눈, 병아리 눈, 샛별 같은 눈으로

재잘재잘하다가

시험지 나눠주니

그제야 고요한 호수

누에 뽕잎 먹는 소리

사각사각

시험을 치르는 저 아이들은

어느 별에서 왔을까.

학교 화장실

화장지 길게 풀려 바닥에 뒹굴거나 세면대에 처박혀 꽉 막혀버
린 배수구
선명한 신발 자국 남은 변기통 위엔 라면과 과자 부스러기와 봉
지들
벽과 바닥에 함부로 뱉어 눌어붙은 껌딱지, 가래침
깨져서 덜렁거리는 변기 뚜껑
자리 찾지 못한 빗자루와 빨간 고무 바케스

덜렁거리는 문짝 안내문에는
사랑하는 학생 여러분!
이곳은 여러분의 얼굴이며 자존심입니다.
휴지는 필요한 만큼만 떼어 쓰고 꼭 쓰레기통에 버려 주세요
조회 때마다 씨부렁거리는 훈화인데

대접받지 못한 아이들의 도파민이 여기저기 널브러진 화장실
오늘도 화장실 가기 위해 길 건너 영화관으로 무단 외출한
영천이 승현이.

오늘 하루도

저물녘 붉은 해 보며 내가 나의 손 잡아준다
돌박이 재롱에 웃음조차 보일 수 없을 만큼
남은 힘 하나 없는 오늘 하루도 참 애썼다

나를 보듬다 떠오른 경아
집 나간 너를 보러 찾아간 엄마에게 씨발년아 욕하던
날 선 칼처럼 예리한 세상 앞에 철갑 입고 누구하고든 쌈질하
는 경아
날마다 너 붙잡고 고시랑고시랑 귀신 씨나락 까먹었구나
해 떨어진 이 저녁 밤길을 떠돌고 있을
너의 상처 미처 헤아리지 못했구나!
경아야, 오늘 하루 버티느라 참 애썼다

열세 해 밤이슬 밟아가며 홀로 키운 자식이
뭐 해준 것 있냐고 대드는 걸 보니
억장 질러대던 옛 남편 떠올라
진저리만 남은 경아 엄마
부모고 뭣이고 포기할라요 눈빛이 번들거리는데
그래요. 그 말 할 만하네요
눈물 닦을 날 있겠지요.
어머니도 오늘 하루 애쓰셨네요.

욕이 대수라고

엄마한테 삭발당한 머리 누렇게 염색한 경아
실내화 질질 끌고 무단외출하다 슬리퍼를 뺏겼다
씨발 염병하네! 내 신발 내놔!
정수리까지 올라오는 열을 삭이지 못해 벌렁거린다
욕이 아니면 말이 안 되는 녀석,
상처받지 않기 위해 먼저 대들고
공격하여 방어한다는 걸 알면서도
내 오장은 멍청하게 또 벌떡거릴까?
씨알도 먹히지 않는 어른, 선생이란 허울을 벗지 못해
까짓 욕이 대수라고 한 아름도 되지 않는 녀석을 안지 못해
또 이렇게 벌렁대는가

까짓 욕이 대수라고

매번 경아한테 먹는 욕인데도 듣고 나면 여전히 힘이 드네요

아침밥 먹여 보내주시고, 운동화 교복 챙겨주시고

다음 주에는 염색도 부탁드려요

십년 뒤에 효도 하겠지요. 힘내세요

병 주고 약 준 문자 어머니께 보냈더니

오늘 아침 경아가 피투성이로 왔다

샘이 엄마한테 전화했다며요?

미친년이 염병하길래 두 팔로 밀쳤더니

접시 던지고 난리가 났다니까요. 우리 엄마 알잖아요

소독하고 밴드 붙여주며 손안에 쏙 들어오는 작은 발을 만져본다

요 녀석아, 이 업을 언제 다 갚을래?

여승처럼 해맑은 얼굴만 떠올리며 사랑한다 문자라도 보낼까?

철없는 민들레

낙엽이 길을 어지럽게 쓸고 다니는 가을
빈 가지 건들거리는 느티나무 아래서
어디를 헤매이다 이제야 꽃 피웠나
때아닌 민들레 노란 꽃잎 몇 장 달고 파르르 떤다
그래도 꽃이라고 쌀 나방만 한 노란 나비가 바람 견디며
꽃을 호리는데

일 년을 밖에서 맴돌다 복학하겠다며
울먹이는 희영이
염색 파마머리에 땟국물 추레하다
말 더듬는 엄마는 납부금 2만 원 벌어서 갚을 테니
복학만 해주라 사정하는데
따로 사는 아버지는 때려치라며 호통이다
구석에서 훌쩍이는 희영이 머리통이 영락없는 민들레

된서리 오기 전 귀퉁이 햇살에라도 뿌리내리고 열매 맺으렴.

찬이

 식판에 고봉밥을 먹고, 꼭 한 번 더 타다 먹지만, 급식 만족도 설문에는 불만이라고 쓰는 찬이, 급식이 없는 주말에는 마트 시식코너에 어정대다 판매대 아줌마에게 쫓겨나는 먹성 좋은 찬이.

 찬이 가슴에 소녀시대 서희와 닮은 예쁜 현아가 들어와 끝 종 치면 현아 반 복도에서 어슬렁대다 혼이 나도, 현아 친구들 떼로 몰려와 놀려대도, 흐흐흐 웃기만 하는 사랑에 빠진 찬이.

 야단치는 선생님은 애써 외면하고 칭찬해 주는 선생님에겐 멀리서도 달려가 인사 하는 찬이, 선생님들이 함께 밥을 먹는 자리에 와서 담임에겐 눈길도 안 주고, 좋아하는 여선생님에게만 물 한 컵 떠다 주는 찬이.

 체육대회 내내 경기는 마다하고 너른 응원석 쓰레기를 다 줍고 상으로 콜라와 박카스 한 병 달라는 찬이, 반에서 교실 창문을 닫는다든가, 분필을 가져온다든가, 시간표를 알아 오는 것을 도맡아 하지만 아무도 알아주지 않는 찬이, 한 달도 더 지난 숙제를 아직도 하고 있는지 출근길 쫓아와 지금 숙제하고 있다고 알려주는 찬이, 수업 시간 발표에 답은 틀렸지만 용기에 상점 하나 줬더니 차별이라며 친구들에게 질투 받은 찬이.

 선생님 아파요? 내가 힘든 날 유일하게 알아주는 찬이.

풀꽃과 잡초 사이

이것은 팽이밥, 아기별 꽃, 제비꽃, 민들레
풀섶이나 길가에서 만나면 그지없이 소중했던 풀꽃들이

텃밭에서는 그악스런 잡초일 뿐
뿌리지 않아도, 돌보지 않아도
그 눈총 해코지에도 굴함 없이
눈만 뜨면 빼꼼히 자라는 녀석들

김을 맬 때마다 명치가 묵직하다.
풀꽃 같은 아이들
뽑아버리지는 않았는지.

11월의 장미

무서리 몇 차례 내리고
김장 무 이파리까지 시든 11월 18일
너는 당당하게 꽃대를 올렸구나

밤늦게까지 꼼지락대다가
남들 다 하는 등교가 어려워
학교 오는 날만큼이나 가정방문이 잦았던
너가

이제야 매일 학교에 오고, 진학을 희망하고
이리저리 꿈을 만지작거리며
꽃봉오리 맺는
네게 누가 늦었다 하리.

재영이 1

산골 아이들이 풀 벌레 찾아드는 늦은 밤까지 요리를 한다
미래 도전 프로젝트
수업 시간 글을 쓰다가도 이야기를 하다가도
스르르 눈꺼풀이 내려가는 재영이가
요리 시간에는 두 눈이 떼굴떼굴

4교시가 끝나면 아이들은 줄달음
하루 중 가장 즐거운 시간
인사를 두고 가거나, 책을 두고 가는 아이들
오늘도 재영이는 따뜻한 인사를 놓고 간다
식사 맛있게 하세요.

시간마다 배움을 나누어 주는 아영이에게
너는 참 똑똑하구나, 뉴스도 잘 보는구나
칭찬도 잘하는 재영이

먼 데서 교수님이 한 수 가르치러 오신
요리 컨설팅 시간
남학생이 왜 요리에 도전했어?
예, 요리를 잘하면 여자들이 좋아한다고 해서요

오늘도 날 저문 지 여러 시간
아이들은 또닥또닥 요리를 한다
안 힘들어? 물으면
괜찮아요. 열심히 해야지요
의젓한 재영이

여자들이 좋아할 멋진 재영이

재영이 2

친구에게 묻자

공정무역을 배우는 시간
이해를 돕는 자료를 읽다가
재영이 질문이 시작된다
아영아 '빈곤퇴치'가 뭐야?
하영이한테 물어봐
하영아 빈곤퇴치 좀 설명해줄래
응, 가난을 물리친다는 말이야
모기퇴치 알지?
아, 그렇구나
그러니까 공정무역이 가난을 물리친단 말이네
그럼 직격탄은 뭐야?
큰 피해, 즉 데미지를 입는단 말이야
아, 그렇구나. 완전히 이해했어

아이들의 언어로 당당하게 묻고 이해하는 시간

넷이서도 해결이 안 되면 선생님한테 물어도 괜찮아

안 돼요, 우리끼리 협력하면 답을 찾을 수 있어요

재영이는 잘 가르쳐주는 아영이에게 참교육을 시킨다

아영이가

목소리 좀 크게 말해줄래? 말하면

야, 너무 그러지 마라. 너도 작년까지 목소리 작다고 혼났잖아.

욕의 다른 말

선생님! 시험 끝나고 영화 안 봐요?

글쎄다. 안 볼걸

아 씨–

그것 욕인데?

아 쒸 마렵다고요

내일까지 수행평가 마무리하자

아 좃– 재수없네

저 자식 또 욕!

아 좋다고요

월요일부터 교문에서 복장과 지각 단속한단다

개 소리 하네

뭐라고? 개소리?

왜 새소리보다 개소리가 나쁜 거지요?

개는 좋아하면서 말에 붙으면 욕이라 하냐고요?

사춘기

씻지 않고 잠든 다음 날이나
인스턴트, 기름기 왕창 먹은 날
어김없이 뾰옥 나와서
살살 달래거나
부드럽게 만져주면
슬그머니 수그러들지만
짜증 내며 쥐어짜
벌집 헤집으면
벌겋게 부풀어 올라
만신창이 되는
가늠하기 힘든
뾰루지여!

체육 뒷시간

난 오늘 아침이 너무 좋았어
바람이 선선했잖아
날마다 이랬으면 좋겠어
건이가 손부채를 할랑거리며
아침을 소환하는 것은
닫힌 창문을 열라는 압력이다
눈치챈 윤이가 아 나는 춥다고
스모 선수 같은 웅이는 나는 덥다고
어떡하지 머뭇대는 나를 보더니
해결사 찬이가
괜찮아요
문 열면 비염이 심해져요.

하필 체육 다음 역사 시간

훅 들어온 쌀쌀한 날씨 보며

창문을 꼭꼭 닫았는데

선거 뒤 대한민국 지도처럼

닫자 열자 반으로 나뉜다

가을 문턱 들어서기도 전부터

냉기 귀신 씐 내가

애써 모르쇠했더니

묻거니 답하거니 도란도란 해결하고

어느새 더위도 추위도 잊었나 보다.

엄마의 이동

인구이동 공부하고
가족 중에 가장 이동을 많이 한 사람을 찾아
이동 원인과 이동과정의 어려움을 이야기했는데
창이는 엄마가 필리핀에서 가장 멀리 이동했단다
현이도 베트남에서 오신 엄마를 들었고
식이는 엄마가 안 계셔서 이동한 사람이 없단다
그래도 찾아야 한다 했더니 추석에 오신 삼촌을 찾았다

왜 이동하게 되었을까?
창이는 경제라고 하기에는
필리핀 외가댁이 아주 가난해 보이지 않는다더니
아, 아빠랑 결혼했으니 결혼인 것 같아요
따라쟁이 현이는 글쎄요. 결혼일까요
식이는 추석에 할머니가 보고 싶어서요

이동과정에 어떤 어려움이 있었을까?

창이는 엄마가 말이 통하지 않아 많이 어려웠고요

임신했을 때 엄마처럼 보이는 아이가 나올까 봐

걱정했대요. 하하 그런데 제가 아빠를 똑 닮았어요

현이는 생각해보니 창이 엄마랑 비슷했을 것 같아요.

식이는 삼촌이 집에 오는 데 6시간이나 걸렸대요.

처음으로 엄마의 어려움을 생각해보는 시간.

고백

안녕?

네, 안녕하세요 선생님

주말 잘 쉬었어?

네, 선생님

선생님도 잘 쉬고 오셨어요?

응, 잘 쉬었는데 감기가 와 버렸네

아이코

그래서 옷을 따뜻하게 입으셨군요

응

선생님 예쁘세요

회갑에 열다섯 총각 재영이게 받은 고백

아침 출근길이

여름 하늘

구름처럼 벙실거린다.

오늘, 너에게서 희망을 보았다

나 아닌 나

출근해서
제일 먼저 교실 창문을 연다
나는 분명 창문만 살포시 닫았는데
창문 고리가 꼭꼭 잠겨 있다
누가 내 뒤에 문단속을 다시 할까?
행정실 형아샘일 거야
고맙기도 하고 미안하기도 하고
그러면서도
2층이라 잠그지 않아도 될 텐데 하며
여전히 창문만 닫는다
그런데 오늘 창문을 닫고 나가다가
그 손길 생각나서 다시 돌아가
창문 고리를 잠그려는데
아 글쎄 모두 꼭꼭 잠겨 있는 게 아닌가
분명 방금 내가 닫기만 했는데
나 아닌 내가 늘 함께했었네.

순응공부 1

열두 시까지 야간 자율학습하고 돌아온 준호
하루 동안 마음이 어땠는지, 뭐가 힘들었는지
미주알고주알 풀어놓는데

오늘 머리에 쥐나는 줄 알았어요
언어영역 푸는데 미치겠어요
내 생각이 끼어들면 다 틀려!
문제 답대로만 생각하래
이대로 삼년 지나면 난 바보가 될 거야
좔좔 외운 것만 답이지 다른 생각하면 답이 아니래
꽃은 왜 아름답다고만 해야 돼요?
난 불쌍할 때도 있던데.
공부는 많이 하는데 실력이 늘 것 같지 않아
기계가 되는 것 같다니까요

그래도 이런 고민 하니까 사람이 될 거야.

순응공부 2

난 생각하기 놀이가 제일 좋아요
기하 모형이 날아와 조립이 되고,
무한한 우주 공간 날아다니거나
블랙홀을 넘나드는 상상은 스릴이 있어요
어느 때는 내가 발명가가 된 것 같아요

그런데 이제 재미가 없어
하루 종일 문제지만 풀다 보면 생각을 할 수 없어
이대로 가다가 생각이 멈춰버리지 않을까
과학 점수 안 나온다고 선생님은 과학자 포기하래
분명히 문제 풀 때는 쉬운데 답은 엉뚱한 거야.

아무래도 내 생각을 성형수술을 해야 할 것 같아.

괜찮아.
수술하지 않아도
행복한 일 할 수 있을 거야.

슈퍼우먼의 눈물

둥지 떠나는 새

입학하는 날 서울행 첫 차표를 사놓고
평소에 안 먹이던 좋아하는 하얀 이밥 지었으나
차 시간 바빠 그냥 떠나보내고 말았다

이밥이 소복한 밥통을 한참 들여다보다 목이 메인다
잘할 거야 잘할 거야 어미가 할 수 있는 일은 믿어주는 것 뿐

차 등받이 제치지 못해 꼿꼿이 앉아서 가는 걸까
무거운 가방 내려놓지도 못하고 안고 가는 걸까
아니야 잘할 거야. 모든 게 잘될 거야

굴러다니는 축구공, 구석지에 처박힌 양말짝에도
그저 통곡이 터져 나오는 아침.

어미가 된 송아지

정월에 낳았으니 지금이 시월
사람으로 치면 갓 열여섯이 되었을까?
죽순 같은 뿔이 막 돋아 오르고
귀밑에 솜털이 보송한 것이
영락없는 송아지인데
움찔움찔 엉덩이 까불거리다
임자 만나 덜컥 임부가 되어버렸다
새끼를 키울 수나 있을까?
아직도 엄마 젖 쿡쿡 질러대며
뒷다리 쳐들고 경중경중 뛰다가도
가끔
그 큰 눈에 먼 산 담고 하늘바라기 하는 날은
제법 철이 든 것도 같다.

희망 그 뒤

태안 바닷가에서 굴 양식하며 다섯 남매를 키워내고, 이제 남은 생은 바다 바라보며 백합 줍고 새우 치며 욕심 없이 살 수 있으리라 생각했다. 기름 사고가 터지기 전까지. 지금 쿨럭거리는 천식과 성대염증, 온몸 가려움증으로 바다도 싫고 사는 것도 두려워졌다. 할멈은 글씨는 몰라도 굴 주문하는 전화번호 술술 외웠는데, 기름 사고 후 방금 했던 일도 금방 잊고 멍하니 섰거나, 팔다리 쑤시다고 이틀 걸러 병원 신세다. 이웃 이장은 방제 작업하랴, 주민 생계비 뒤치다꺼리하랴 동동거리더니 폐암에 걸려 쓰러졌다. 미국 엑슨 유조선 사고 때 피해액 전부 보상받아도 10년을 못가 인근 주민 살아남은 자 한 명도 없었다는데, 수조 원 피해에도 사고를 일으킨 ○○중공업 책임은 56억이라며 국가가 앞장서서 면죄부를 줬다. 3백만 국민들의 기름 닦음으로 겉으로 바다는 멀쩡해졌지만, 바닥에 가라앉은 찌꺼기는 생명의 난자까지 씨를 말렸는지 바다 농사는 거덜이 나고 노인은 성난 파도 앞에서서 쿨렁쿨렁 기침만 한다.

할머니

이른 아침 안개를 뚫고
마을 복판을 나서는 할머니
오가는 사람마다
아이고 반가와 반가와
을매나 귀한 사람인디
이리 본께 또 반갑네

마을 복판 이발소 아들 집 앞에
의자 하나 내놓고 온종일 해바라기
오가는 사람 모두가 친구라
집에 있으먼 뭐 하겠어
이렇게 친구들 만나는 재미로 살제
까맣게 그을린 얼굴에 소녀 같은 미소

빵이라도 하나 내밀면
아이고 감사해서
으짜까 으짜까
온 동네 손바닥 꿰듯 들여다보며
마음으로 다 거두시는
우리 동네 아흔다섯 할머니.

찬바람 불어오면

늦가을 찬바람에 두꺼운 옷 몇 겹씩 껴입으며
털옷 하나로 여름도 겨울도 나야 하는
들짐승들이 걸린다.

그악스럽던 매미 소리 가을 풀벌레 소리
뚝 끊긴 골목길에
먹을 걸 찾아 헤매는 어린 고양이가 자꾸 밟힌다

잎이며 열매며 다 떨어져
몸 숨길 만한 곳도 흔치 않은 계절
그저 지나가는 바람처럼 스쳐 갔던
미물들의 겨우살이가 뒤돌아봐진다.

무위사

월출산 남쪽 아늑한 품
고즈넉한 돌계단 오르면
공손하게 손 내미는 팽나무 두 그루
작년 이맘때 꽃밥을 내리시더니
올해는 풀빛으로 빛나는 아기 손톱만 한 구슬

팽가지 갈라진 사타구니에 얼굴 해사한 찔레꽃
안개비에 젖어 촉촉이 젖어
팽나무 허벅지에 몸 부비네
니 땅 내 땅 우김질
팽은 팽끼리 찔레는 찔레끼리 다짐질
훌훌 털어내고
생살 비집어 뿌리 내린 찔레 한 포기 곱게 키우며 사네
무위사 부처님.

타령

고구마를 묵을랑가 말랑가
멧돼지가 안 헤비믄 한 알이라도 묵을 것이고
새끼를 델꼬와 항꾼에 밭을 뭉게 불믄 못 묵을 것이다

들짐승만? 날짐승도 못해 보겠단 말다
동만 트믄 찌죽찌죽 다 불러들여
과실을 모다 찍어 묵어 분다마다
전에 없든 주딩이 삐죽한 새가 어디서 왔는고
콩 심어 논께 콕콕 찍어 묵어부러서
이번에는 포장으로 덮어 놨든만
게우 싹이 났드라마다

비가 안 와서 푸성귀는 늙은이멘치로 다 몰라 비틀어 불고
하느님만 쳐다보는 농사지어 묵기 참말로 에럽다.

갈아엎은 무밭

　낮은 산 구릉지 붉은 황토밭, 해산하듯 풀어 놓은 허연 생명들, 어린 것들 거두지 못하고 맥을 놔버린 어미 가랑이 가랑이 사이로 나뒹군다. 온 가을 내내 따스한 빛 골라 쪼이며 뱃속에 품었던 저 목숨 같은 새끼들, 보듬지도 못하고 희끗희끗 맨살덩이로 동댕이치고 누워 버렸다. 쏟은 피 범벅 채로.

　매일 해보다 먼저 나와서 갈고 다듬던 살가운 님, 언제부터인가 핏발선 눈빛에 계백 장군의 비장한 각오가 서리더니, 농락당하느니 차라리 내 손으로 요절을 내리라며, 붉은 깃발 들고 거리로 거리로 나선 지 몇 달, 칼바람에 살덩이들 꼬들꼬들 말라가고 빛바랜 담장에 구호만 선명하다. 이중곡가제! 여전히 제 식구 거둘 희망은 막막한 거리에 찬비는 내리는데 목숨을 내건 단식에도 끄떡없는 산!

그것들이 참말로 벨것들이다

순천 느그 오빠네가 벨것들이다마다
그랑께 공일에 와서 벌초를 다 해부렀다
할무니 산소 자리가 벌초를 할라믄
산에 길부터 내야 하는디
길 내다가 예초기가 고장 나부렀다마다
그놈 읍내 나가 고치고 휘발유 사다가
혼자 벌초를 싹 하니라고 욕봐 부렀다
을마나 물이 씌였으믄 한 통이나 물을 둘러 마시드라마다
우리 교회 갔다 온께 뒤란에 우북한 풀도
개안하게 다 비었제
골목길도 훤하게 비었드라
참말로 고생했는디 이참에도 나가 느그 오빠한테 소리를 질러
부렀다.
골목에 강냉이 단을 그대로 둬도 되는디 기언씨 치우길래
손대지 마라고 소리 한판 쳐 부렀다
느그 올케언니는 으짜고야
근매 큰방 작은방 텔레비전 우에까지 깨깟하게 치워놨드라마다
여그가 즈그 친정인지 아끄나?

반찬도 골고로 해 왔드라

조기도 열두 마리 사오고 반장기도 사 와서 기장도 담고 기찜도
하고

멜치랑 나물이랑 걸게 해왔드라

제사 때마다 오제 뭔 일만 있으면 달베오제

그것들이 참말로 벨것들이다.

이랄지 알았으먼 풀이나 더 비어불 것인디

느그 아부지 오늘 고춧대 다 뽑아 부렀다
아이고 인자 막 재미지게 고추 딸 땐디
태풍에 고추고 잎이고 하나도 없이
뜨건 물 찌끄러분 것맨치로 뼈만 앙상해분께
뵈기가 싫어서 싹 뽑아 부렀다

나락은 올해 못자리가 늦어서
꽃이 막 피는디 바람이 불어
꽃가루가 싹 씻게 가 부러서 쌀 묵기 글러 부렀다

정부에 보상신청 안 되까요?

아이고 신청해봤자 우리 겉이 작은 농사는
똑 쥐약 묵을 멘치나 나올 것이다
몇만 원 받으먼 뭐하 꺼시냐
그라고 정부는 뭔 돈이 그리 있어서
하느님 뒤치다꺼리를 다 하겄냐

집집마다 지붕이 훾 베께져 부러서
으츠께 고칠란가 모르겠다
비닐하우스도 짜부라져 부렀는디
전소 날라가 부러야 보상을 해준다 안 하냐

멧돼지는 살어 보겄다고 감제밭을 차근차근
다 뒤져 묵어 불제
단감밭은 이 몹쓸 짐승이 가지를 착착 분질러감서
익도 안 한 감을 싹 따 묵어 분다마다

날짐승 쫓아감서 게우 키와 논 콩밭에 간께
비 통에 풀만 우북하고 콩은 싹 녹아 부렀드라마다
이랄지 알았으면 비 오기 전에 풀이나 더 비어불 것인디

하늘만 체다 보는 우리 농민들이 딱하다마다.

하느님도 나라님도
농민 사정은 이리도 안 봐 주끄나

자석 나먼 으짠 일이 있어도 농민은 안 만들어야제
농민이 젤 불쌍하다마다

지난번 태풍에 고추밭 싹 쓸어가 부러서 몇백은
손해 봐 부렀다
우리 묵을 고추도 부족해서 스므 근을 동네서 샀드라마다

쇠금은 으짜고야
한우축산협회에 갔등만 쇠금이 반토막이라드라
서울 사람들은 한우 고깃금이 하나도 안 내렸다는디
여그는 반타작도 안된다

그나저나 나락이 큰 일이다마다
저번 태풍에 꽃가리 다 날래 부러서
군수가 와도 나락이 고개를 오똑하니 세우고
고개를 안 숙인다마다
뭣이다드라 백화현상이라든가

올해 쌀 묵기는 다 글러 부렀다

그란디 이참에 또 태풍이 온다고 안 그라냐

나락 다 꼬꾸라져불먼 그 꼴을 또 어이 보끄나

하느님도 나라님도

농민 사정은 이리도 안 봐 주끄나.

시집살이

월출산 서쪽 자락
여울여울 붉은빛 번질 즈음
어머니 저 왔어요

노친네 가슴 휑하면
아야, 단감 따다 묵어라
생지 버무러 놨다마다
그런 어머니에게 홀리듯
핏줄 대신 토방에 오른다
너무 늦었지요?
어여 와서 밥 묵고 가그라
오리탕 끓였놨다마다
내 사발엔 고기 반 마리
본인 그릇엔 국물만 멀겋게
차려 나온 밥상
저 혼자 다 못 먹어요
자요, 어머니 더 드세요
살점을 이리저리 옮기다
배고파서 한 점
목메서 한 점

성의로 한 점

한 사발을 다 비우고

어둑한 고샅길 나서

성긴 별 하늘 두고 돌아서는 길

어여 가라, 어여 가

허리 굽은 어머니 목소리

발부리에 걸린다.

참말로 재미가 없다마다

소 팔아서 자석들 공부 갤칠 때만 해도 재미졌제 으쨌겄냐
이 고비만 넹기면 자석들 앞길이 구만리 장천으로 훤할지 알았
지야
으츠케 팔십 묵을 때까지 빚 독촉받을지 알았겠느냐

으째서 사업한단 놈들은 다 션치 않을끄나
시째가 낼모레 갚는다며 급전 필요하다 숨넘어가는 소리하믄
금도 안 나가는 쇠양치 팔고 농협 빚내서 내내 뒷감당하니라
이 나이 묵드록 그놈의 농사 못 놨는디
그놈이 조용한께 둘째가 또 저렇게 사네 못 사네 한다마다
사둔한테도 낮을 못 들겄다
외손지 거둠서 이제까지 뒷바라지해 주셌는디
인자 와서 사네 못 사네 하믄 속이 으짜겄냐

둘만 둔 니가 잘했다.
가지 많은 나무 바람 잘 날 없다든만 참말로 재미가 없다마다.

무논

산 고개 휘돌아 덜컹대며 굴러온 버스 차창 밖으로
흙물을 뒤집어쓴 어린 모 서툴게 줄을 섰다

거기 아련한 소리가 보인다
몸빼 여인네들 굽은 허리 사이로 터지는 웃음소리
뒷걸음질하는 발마다 시어미 시집살이 털어내는 한풀이 소리
줄잡은 중 늙은이 우렁우렁 재촉하는 휘몰이장단
하늘을 품었던 논이 소리에 젖는다

잔바람에 일렁이는 무논에 그림 같은 소리가 보인다
와와 울어 쌌는 여름밤 개구리 소리
아련히 들려오는 소리 소리들.

한때

입암산* 산허리 오르다 보면 손길 주다 만 노는 땅에 풀들이 나무들이 막 살고 있다. 잎 넓은 놈, 기다란 놈, 능청능청 가지 늘어뜨린 놈, 언제 한번 눈길이나 받아봤을까 싶은, 들여다보지 않으면 봐도 보이지 않는 그네들이 얼크렁설크렁 살고 있다.

4월하고 5월 한바탕 꽃 잔치 벌어지는데 허옇게 벙글고, 노랗게 눈 흘기고, 연분홍 부끄럽고, 빠알갛게 교태 부리는 날 좀 봐라 날 좀 봐라 베롱베롱 삐삐뽕 오종종종 삐삐용 어깨춤이 절로 난다. 싸락싸락 싸라락!

갓바위** 갓 아래 넓은 풀밭에 백구두 백바지 하얀 모자 노인들 마실이 한창이다. 마음만 꿀떡 같은 막걸리 흥타령이 늘어졌는데 악을 써도 악을 써도 서러운 세월만 맥이 빠진다. 창아리 없다고 눈 흘기는 허리 구부정한 할머니 보따리에 주저리주저리 웬 사연은 그리 많은지. 언제 허리 펴서 하늘 한번 봤을까 싶은 갈꽃 허연 백발 너머에 흑단머리 붉은 댕기 흩날리던 20대가 있었다.

---

* 입암산: 목포 하당 바닷가에 소재한 산
** 갓바위: 입암산 해안가에 있는 바위 이름

아버지의 소리

콩나물을 삶아 참기름 소금 파 마늘을 넣고
깨소금을 뿌린다
콩나물 접시에서
콩콩콩
아버지의 소리가 들린다
남편일 때 못 해본 방아, 딸자식을 위해 찧는 깨방아

요담에 올 때는 살이 통통 쪄서 오니라잉!
나물에 깨를 뿌리며
흰머리 쓸어 올려 땀 닦으시던
당신의 소리가 들린다
콩콩콩.

도초都草* 도라지

바다 에두른 키 작은 산에
구절초 쑥부쟁이 고사리 칡
짙푸른 덤불 속 도라지 두 송이
보랏빛 선하게 꽃 피었네

파도 넘나드는 바람 깃에 등 기대거나
햇살 화사한 날에 먼 수평선 넘어 그리워도 했지
가슴 졸이다 돌아서면 마주 보이는 늘 그 자리

함께 했던 뜨거운 날들이 가고
물 주름 탱탱한 하늘 드높은 날
이제 마주 보기 하며 꽃으로 피어
내 몸 네 몸 가늠이 없네.

---

* 도초: 전남 신안에 있는 섬

목련

죽음은 생명의 다른 이름
가을 녘 목련 가지 끝을 보았는가
떨어지는 잎 가지 끝에
돌박이 이빨처럼 소록소록
꽃 몽우리 부푼다

그 여린 숨결로
북풍을 이겨내고
잔설을 녹여내고
마침내 해를 넘겨
순백색 봄을 피워낸다

꽃잎 뚝뚝 떨구고서야 농익는 삶
초록으로 부활하는 목련잎 그늘
세상 보듬는 풍성한 중년

물통골 1

비 온 뒤
월출산 바위 봉우리
호수에 그렸다
구름 노니는 하늘 배경 삼아
물고기 한 무리가 지느러미 붓으로
하늘하늘 그리는 수채화.

물통골 2

깩깩깩깩
비 막 갠 천황사 물통골
검푸른 풀숲에서
개구리만 오지게 울어도 싼다
길손 대신 비님이 또 오실 거라고
깩깩깩깩.

새벽

밤이 깊어 갈수록 얼크러진 생각들
행군 빨래처럼 깨끗해지는 시간
부스럭부스럭 깨어나는 소리들
안개가 자욱한 어둠 속
탕탕탕 쓰레기차 소리
싹싹싹 비질하는 손길 손길들

세상을 여는 사람 사람들.

소통

헐떡이던 갯바람 너럭바위 옆 소나무에 걸터앉아
산새와 벌이는 한바탕 대화

삐욧삐욧 삐이요 삐요요 삐요
오늘 하루도 참 애썼다고?

찌욧 찌욧 찌이요 찌요요 찌요
편히 쉬었다 가라고 고마워 정말!

휘요 휘요 휘요요 휘요요 휘요
버찌 좀 따 먹은 게 어떻다 그래?

찌꿍찌꿍 찌찌꿍 찌찌찌찌꿍
여럿이 이리저리 나르니까 정신없잖아!

쩌꿍쩌꿍 쩌쩌꿍
그려그려 고하도 넘어가는 해는 할 수 없지만 나라도 머무르라고?

엄마는 내 맘도 몰라주는 바보야?
그래그래 엄마도 사랑한단다!

담배꽁초

입암산 산허리 너럭바위마다 움푹한 구멍들
꽁초들이 수북이 만나 수런거린다
누렇게 눈이 풀린 것, 아직 생내 폴폴 나는 막 버린 것
등산복 화려한 아저씨, 등 구부러진 노인, 교복 입은 머슴아까지
옴서 감서 모여 막 지껄인다
풍광 좋은게 확 몰리그만!
참말로 외로운디 이거라도 없으면 뭔 재미로 살겄어!
씨발! 더러워서 더는 못 살겄어
와글와글 시끌시끌 점점 커지는 소리
혹은 느긋하게 또는 성급하게 마지막 생을 피워 올리다가
대신 여기 던져졌을 육신들
그것들 품지 못해 등을 돌리다가
가난뱅이 민초를 벌레로 보는 나라 양반들 내 속에 있음을 본다
육탈한 뼈라도 수습해 검은 봉다리에 모셔가는 품 너른 그날!

세월

저 참에 피었던가 싶은
저 꽃
아직 가슴에 묻지도 못했는데
그새
또 피었다 지네.

슈퍼우먼의 눈물

언어의 마술사 아나운서 최유라
학계의 권위자 대학교수
노장의 여성 은행장
뜨르르한 그녀들이 TV에서
생소한 눈물을 흘린다

여성으로, 어머니로, 아내로, 직장인으로
살아남은 생생한 전선의 기억들
불러오는 배 졸라매며 임신 감추기
12시 전 퇴근하지 않기
신문 보는 남편 눈치 보며 아기 업고 살림하기
아픈 아이 부둥켜안고 꼴딱 밤새운 새벽길 출근

하루 25시간을 산 여전사들
별처럼 빛나는 상처
뇌종양, 급성 신부전증, 유방암…
되돌려도 또 그렇게 살아갈
그녀들에게서 내 안의 서러운 사람을 본다.

아, 하늘

파란색? 아니야
청색도 아니야
권색? 그것도 좀

풍덩 빠지면 거기 청한 바다
기나긴 장맛비, 천둥소리는
알토란 영근
별송이 품느라 그리 앓았었나!

우리 동네

아이고 이쁜 우리 선생님
그동안 궁금했당께
잘 지내셨제
으짜믄 이리 이쁘까인

네, 할머니도 잘 계셨지요
새벽부터 시장 가시나 봐요
가을바람이 그새 차네요
건강은 괜찮으세요

마흔에 이사 와 예순을 바라보는 지금까지
내 이름은 언제나 이쁜 우리 선생님
어디 가서 언감생심 들을 수 있는 부름일까
그분들보다 젊다는 이유 하나로

아이들의 노는 소리 귀하고
시끌벅적 바글거리는 활기는 없어도
어른들이 서로서로 토닥이며 정 나누는
조용하고 아늑한 마을

어느새 머리 하얗게 센 노인회관 자칭 요리사

건우 할머니 뇌출혈로 가시고

꽃다운 칠순에 혜미 할매 외식하다 심장마비로 가시고

위세 당당하던 마을 회장님 할머니 떠난 뒤

털 빠진 닭처럼 추레하기 그지없더니

대문에 걸어둔 반찬통 그대로이던 날

암으로 입원하셨다

무성하던 느티나무 가지만 앙상한 이 계절

떠날 때 알고 가는 것 자연스런 일이지만

그지없이 휑하고 황량한 회색빛 마을

몇 남은 어른들에게 난 여전히

이쁜 우리 선생님.

개망초

웬수녀러 지심[*]아
웬수녀러 지심아
푸념마저 아스라한 들녘
눈부시게 하얀 꽃들이 바람을 탄다

미끈한 서울행 고속도로변
살찐 들판에 초여름 석양 빛이 탱탱하다
다문다문 버려진 논
뻥 뚫린 농투성이 가슴 자리마다
망초들이 모여서 들을 가꾼다
지들끼리 벌이는 화사한 꽃 잔치.

응징

당신과 만나던 날 응징하러 간다며 두 주먹 불끈 쥐고 투표장으로 향했지요.

당신을 보내는 마지막 날 또다시 응징할 수밖에 없어 두 주먹을 쥐어 눈물을 닦습니다.

민주주의를 유지하기 위하여 인간의 권력을 끊임없이 견제하고 비판해야 한다는 것만 알았지, 잘할 때 박수 쳐 주고, 아플 때 격려하고, 슬플 때 함께 해야 한다는 것은 모르는 햇병아리였습니다.

비판적 지지라는 말 때문에 당신의 외로운 싸움에 제대로 동참하지 못했습니다. 개혁과 먼 정책을 폈을 때는 단호하게 거부의 몸짓을 보냈지요. 아니 적보다 더한 비난을 쏟아내고 등을 돌렸지요. 당신에게 박수를 보내는 것은 왠지 없어 보인다고 생각했지요. 맞아요. 없어 보이는 것, 당신의 본질이며 바로 그것 때문에 주류에 끼지 못했었지요. 요구만 해놓고 정작 없는 사람에게 돌팔매를 던졌지요. 어리석게도.

청맹과니

여기저기 독립 만세 소리 들려오는 삼월 첫날
희부연 황사 속에서도 햇살은 따사로워
훼방 놓아도 견우와 직녀는 만나고야 말 거란 희망 움트네
골목길 마른 나뭇가지에 새들이 유난히 재재거리는
새 소리에 어깨가 절로 들썩였는데

골목 어귀 돌아서니 긴 장대 든 남자 전봇대 꼭대기
아슬하게 지어놓은 까치집 휘젓고 있네
푹푹 장대질할 때마다
까치는 비명처럼 깍깍거리며 허공을 빙빙 돌다
옆 아파트 옥상 난간에 앉았다가, 나뭇가지로 갔다가
다시 허공을 가르며 울부짖네
이 나무 저 나무 작은 새들도 소리소리 아우성이네
깍깍깍! 짹짹짹짹!

삶의 둥지를 훼손당한 철거민의 분노를
봄 노래라 어깨 들썩였던 나
어디 이뿐이랴
청맹과니처럼
내 맘대로 재단한 것들이.

영화감독의 눈물

낮은 목소리만을 영화로 만들다 보니 흥행이란 꿈도 못 꾸는 감독이 있었다. 6·25 때 월남한 아버지는 묻지 마 꼴통 보수고 그녀는 진보였다. 아버지가 사회과학 서적을 불태우면 그녀는 아버지의 책을 불 싸질렀다. 그렇게 한 지붕 딴 식구로 살다가 나이 사십에 화해를 시도했는데 "이만치 살았으면 모든 관계 청산하고 말을 틉시다." 그 후 부녀는 지○씨 영○씨 말을 섞었다. 촛불 집회에서 아버지와 딸 두 단체가 딱 마주쳤는데 "저 빨갱이 간나새끼들 모두 김정일에게 보내버려!" 대꾸할 가치도 없다며 지나치는데 아버지 목소리가 들렸다. "그래도 자들 빨갱이는 아님둥."

철옹성 분단과 독재의 철옹성을 관통하면서도 결코 눈물만은 흘리지 않았던 기골이 장대한 그녀가 통곡하고 싶은 풍경 하나, 밤 열시 어학원 앞에서 빵 쪼가리와 우유를 먹으며 이동할 다음 차 기다리는 초등생을 보는 것.

희망

그날 풍랑주의보에도 불구하고 거제까지 시간에 배를 댔어야
했지요. 하면 된다는 신조로 잔뼈 굵은 기업에서 동물적 감각 선
장 의견쯤이 뭐 그리 대수였겠습니까? 기우에 몸이 단 경찰 교신
다 듣고 어느 세월에 세계기업으로 뜨겠어요? 재수 없게 바람은
드세졌고, 크레인 부선을 통제하지 못한 예인선단은 태안반도로
밀려갔지요. 게다가 딱 그 자리에 유조선이 버티고 있을 건 뭡니
까? 각본처럼 와이어가 바로 그때 끊어져 크레인은 유조선의 옆
구리를 수차례 들이받았지요.

콸콸콸 쏟아지는 죽음의 액체는 아름다운 서해 낙조를 기름 범
벅으로 뒤덮어버렸지요. 바다의 콩팥 갯벌에 기름옷을 입은 고둥
게, 뻘게, 백합, 바지락, 흰뺨검둥오리 떼가 느리게 느리게 걸음을
합니다. 아! 그러나 태안반도에 기적이 일어났습니다. 책임자 침
묵하며 항해일기 조작하고, 게걸음 사건 수사 꽁무니를 감추는
사이 전국에서 달려온 수십만 인파가 해안을 덮었습니다. 백 년
이 걸릴 거라던 바다가 숨을 쉬기 시작했습니다. 명예도 권력도
없던 사람들이 인간 사슬을 엮어서 기름을 닦아냈습니다. 바다
와 주민들의 검은 슬픔을 하얀 땀방울로 조금씩 씻어 내고 있었
습니다.

내일쯤 전 국민 앞에 기자회견이 열리겠지요. 사건의 전말을 밝히는 정의로운 검찰과 함께 국민 앞에 석고대죄하며 '완전한 복구! 완전한 보상! 가해자의 무한 책임 부담!'을 약속하는 아름다운 글로벌 기업의 모습으로.

절망

○○중공업의 배상 책임을 태안 주민 한 달 생계비도 안 되는 56억으로 결정했다. 중공업 배가 풍랑주의보를 무시하고 운항을 하다가 유조선을 들이받았어도, 관제센터에 연락해 피해를 최소화하는 조치를 안 했어도, 작정하고 들이받지 않았으니 고의나 중과실이 아니라며

기름 사고를 냈던 미국 액숀사, 프랑스의 토탈, 스페인 나라에서 보상과 복구에 무한 책임을 묻는데, 해변에 기름 찌꺼기 국민의 손으로 닦아 기적을 만들어 낸 나라, 오염 보상기금 넘는 피해액 국민의 세금으로 충당한 나라에서

이 나라 젊은이가 제일 취직하고 싶어 하는 글로벌 선진 첨단 기업은 고작 56억만 때우면 된다. 가난한 철도 노동자들 나흘간 파업한 대가로 노조에 70억 원 배상 판결한 법원이.

6월의 산천

사내들의 불 화산 불끈불끈 일어나
생명의 씨앗 비릿하게 뿌려댄다 6월의 산천
질척하게 흐드러진 하얀 밤꽃
산딸, 산목련 여인네도 덩달아 덩더둥실
여인네도 덩달아 덩더둥실
방방곡곡 퍼져가네
귀를 막아도 들리네 소리 소리들
사람이 하늘이다.

정상입니다

깜박깜박 증상 날로 심하고
오늘과 내일이 오락가락하여
병원엘 갔다

이름이 뭐예요?
나이는요?
우리나라 이름은요?
백에서 7을 빼면?
또 7을 더 빼면?
비행기, 연필, 소나무 따라 해보세요
이곳은 뭐 하는 곳인가요?
오늘 날씨를 문장으로 써 보세요.
답하면서 헛웃음이 나온다

극히 정상이니 치매 걱정 마세요
당연한 것이 안 되는 게 아픈 겁니다.

예쁜 꽃

씨앗류 안 되고, 고기류 안 되고, 질긴 채소 안 된다니
며칠을 굶다시피 조신하게 기다려
장을 비우는 약을 먹고
밤새 화장실만 스무 번
퀭한 눈으로 뒤트임 간이복 입고 침상에 올라
까무룩 잠들었다

깨어나 의사와 마주 앉아 화면을 보는데
대장에 분홍으로 막 피기 시작한 두 송이 꽃
예쁘네요 내 반응에
이것은 이쁜 게 아니라 별로네요
제거한 검사 결과 일주일 후에 나오니 기다려 봐요

생명의 씨앗 품을 내 땅은 이미 메말랐는데
유독 어여쁜 그 꽃은 어쩌자고 피었을까?

외달도

남해 바다람서 물빛 고운 수평선도 보이네
스르르 미끄러져 간 배 꽁무니에서 해변까지 퍼지는 그리움
분꽃, 달맞이꽃, 베롱나무, 사랑나무로 어우러졌네
햇살 뜨거운 한여름 바람도 숨죽이는데
나무보다 키가 큰 돼지감자, 띠풀, 개망초가 무화과밭 가운데서
악을 악을 쓰네

바작바작 병들어 버린 고추밭의 희뿌연 고추 같은
노인 부부가 흙담 골목에서 스포티지 자동차를 겨우 피하네
뒷집 할멈 나올세라 가버린 차 뒤통수에 대고 웅얼대는
'하룻밤에 25,000원이여'
잡초만 무성한 오막살이 교회에서 댕댕 종이 울리고
황토밭 고랑에 버려진 비닐조각들이 부스스 일어나네

햇살에 더욱 번쩍이는 해안로 시멘트 길
층층이 쌓아놓은 방파제
울긋불긋 해수 풀장
패잔병의 진영 같은 하얀 텐트가
지금
사랑의 섬 외달도라네.

전화

소포 받었냐?

요참에는 약기 제할까 봐 감초를 쪼끔 덜 넣고 대랬다. 저참 약보다 더 써도 그리 알고 묵어라. 쑥편을 넣어야 더 맛이 있고 몸에도 좋을 것인디 소화가 안 된다고 한께 항꾼에 못 넣었다. 인삼 스무 편돌이 열 뿌리나 넣었은께 소복되게 얼렁 묵어라. 그라믄 또 대래서 보내 줄 것인께. 그라고 파 따듬어서 한펜짝에 담었응께 많으면 이웃이랑 나놔 묵어라. 이것저것 너무 서대지 말고 어짜든지 마음 편하게 살아라잉!

뇌졸중으로 다리 저는 노인 마흔여섯 딸에게 하는 당부.

아름다운 상처

이 주부라고 불리는 선생이 있다
출산 휴가를 다녀온 눈이 퀭하다
아이들의 육아와 가사를 위해 육아시간을
쓰면서 늘 멋쩍게 출퇴근을 한다

아기가 밤새 깨지 않고 아침까지 잘 잔다고 말할 때는 미소가
번진다.
나물을 무쳤는데 어머니 반찬 맛이 안 난다며 혼잣말을 하기
도 하고,
국에 새우젓 장국을 넣으면 라면 맛이 난다며 씩 웃기도 한다

오늘은 약지 손가락에 팥알만 한 상처가 나 있다
산모가 미역국이 질린다 해서 북어 손질하다가 다쳤다며 피식
웃는다
불그스레 어여쁜 상처가 감동이네 했더니 헤헤 웃는다

친목회 일을 계속 봐 달라는 부탁에
친목회 할 시간이 있으면 한시라도 일찍 퇴근해서 집안일을 살
펴야 한단다
아이가 둘 되니 하나일 때와는 비교가 안 된단다

집사람 혼자는 수유하랴, 목욕시키랴, 빨래하랴, 청소하랴, 식
사 준비하랴
도저히 안 된단다
우리는 그래도 혜택이 많은 거지요 하며 눈이 웃는다

언감생심 독박 육아와 가사 일을 해야 했던
내 시절 생각하면 그저 고맙고 기특하다
게다가
그래도 한번 해볼게요, 젊은 남교사가 저밖에 없으니
한다.

부처가 된 동백

학교 앞뜰 화단에 동백이 피었습니다
백련사 동백 같은 선연함도 없이
힘없이 핀 꽃잎 여기저기 이지러져
감동 한번 없이 흘러가는 구름 보듯
눈인사만 했는데요

아이들 없어 텅 빈 어느 날
<u>스스스 스스스</u> 동백나무가
말을 합니다
여기 좀 봐주세요. 여기요. 여기!
내다보면 딱히 보이지 않는데, 가만가만 숨죽여 들여다보니
나뭇잎 사이에 동박새가 꽃송이 속살 콕콕 쪼며
꽃가지 사이를 건너다닙니다.
다 시든 꽃이 날마다 새를 불러 끼니를 내주었네요

저리 남루한 몸
그마저 기꺼이 내주고 툭 떨어지네요
시든 동백나무 앞에서 오늘 또 한 분의 부처와 예수를 만납니다.

배추

가을 배추가 그새 내 무릎까지 컸다.
자고 나면
덩치 큰 영웅이마냥 속은 덜 여물어도 몸집은 한 아름이다
배춧속에는 보름달 두 덩이와 태풍 세 차례
그리고 꼬부랑 할매의 간절한 소망이 담겼다.

동네에는 밤새 그런저런 소문이 번잡했지만
못 들은 척 무심하게 쑥쑥 자란다.
할매의 발소리만 듣기로 했다는 듯.

감자 옹심이

어이,
요새 감자는 으츠께 해 묵은가?
자잘하게 채 썰어서 전 부쳐 묵으먼 묵을 만하던디요.

여그 사람들은 감자로 옹심이를 안 만들어 묵든만
감자 옹심이가 을마나 맛있는디 한번 해묵어보소
으츠께 맹근다요

감자를 강판에 갈아 물을 꾹 짜서 양재기에 담아놓고
짤아낸 물을 가만 가라앉히먼 흐칸 녹말이 나와
그라믄 꾹 짜놓은 감자에 녹말가루 쪼깐 넣고 갈아 안근 녹말
섞어 소금 간해서 똥그랗게 하든지 질쭉하게 하든지 이녁들 맘
대로 손질해서
멸치 육수에 끓여내믄 쫀득쫀득 맛있당께
서운하든 애린 호박새끼나 풋고치 쪼깐 썰어 너믄 칼칼하니 맛
있제

감자는 쪄 묵고 볶아 묵고 지지미만 한 줄만 알았제
옹심이는 첨들어 봤는디 들어본께 묵을 만 하겄소
비도 온께 오늘은 옹심이 타령이나 해불라요.

기도

만사를 포기하고 주저앉아버린 자식 같은
벼가 논바닥에 풀썩 드러누워 버렸다.
허리 구부러진 머리 허연 노부부
뭉텅이 뭉텅이 묶어
세우기를 세 번째

이까짓 것 알곡 들기 진작 글렀다 싶지만
돈을 바라는 것도, 대가를 바라는 것도 아니다
바람이 무사히 지나가기를
잘 견뎌주기를 빌고 또 빌었다.

이제,
하늘도 쳐다보기 포기한 자식에게
삶의 끈만은 놓지 않기를.

코로나의 역설

아이들이 요새 안 아프다네요
이때쯤 흔했을 눈병도 감기도 다 달아나 버렸고

부적응아들 학교폭력도 줄었고
학교 오기 힘들어했던 녀석들이 온라인으로 수업에 열중하고요

출산이 늘겠어요
남편이 제때 와서 저녁상을 마주하니 심쿵하대요

베네치아의 물색이 고와지니 물고기가 다가오고
한 치 앞 안 보이던 우한 하늘이 환해졌대요

몇 달 공장이 멈추고, 차가 덜 다니고
사람들 극성이 아주 조금 줄었을 뿐인데
하늘이 저토록 말갛네요.

거기 있었네

어스름 이슥한 해거름 녘 갓바위 물가에 섰네!
밥벌이 일상일 때 늘 정물로 걸려있던 바다
오늘 살아서 찰랑거리네

찰보동 찰보동 바위귀 남실대는 물결
뗏거리 늦은 갈매기 다급한 날갯짓
어둠을 익히는 소쩍새 울음
실뱀장어잡이 부부 뱃전에 터지는 웃음
공단 불빛 등대 삼아 에돌아 오는 고기잡이배
고막주름 잔잔한 바다 박차 오르는 물고기들의 비상
바다에 슬며시 내려앉은 희미한 조각달까지

마흔 해 굽이돌아 찾아든 항구에서
내일만 내일만 바라보며 직진하다가
이 밤에야 보았네
밤바다 찰방거리는 소리에
가슴 설레인다는 것을.

한재 고개

천관산 서남쪽 자락에 한때 섬이었던 덕도가 있다.
섬 중앙에 봉긋이 솟은 한재산은 장흥 보성 고흥을 안고
득량만 짙은 바다를 굽어보는데
바다만이 아니라 사람들의 내력까지 훤하다
그중 신덕리와 대리, 신상리 사람들이 회진과 대덕으로
넘나들던 한재 고개는
이 땅 사람들의 소망과 한이 고스란히
배어 있다.

갯것 갈무리해 옷가지나 살림살이 바꾸려 넘던 고개
아이들이 책 보따리 덜렁거리며 학교 가기 위해 넘던 고개
푸른 꿈 유학생이 고향을 등지고 넘던 고개
소 뜯기던 초동들이 공차기, 말뚝박기, 씨름, 소뿔싸움 하던 고개
갑오년 동학군들 남쪽으로 남쪽으로 피하다 마지막으로 넘던
고개
일제 강점기 공출 나락 가마니를 지고 이 악물고 넘던 고개
6·25 동란 때 이유도 모른 채 이짝저짝 휘청거리며 넘던 고개

그 한을 두 눈으로 보고 자란 작가 선생 앞산도 첩첩하고, 안개
바다
  절절하게 읊조리며 넘던 고개

  이제는 저 땅속 깊은 곳에 그 사연 묻어두고
  할미꽃으로 곱게 피어난 고개.

장흥 동학도의 꿈

갑오년 섣달 초하루
윗녘에서 밀려난 동학군들이 장평면* 사창터에 모였다.
장태 장군 이방언이 우렁우렁 외쳤다
우리 농민군들이 윗녘에서 죽어가며 싸우는 동안 우리는 지역
에서 제대로 싸우지 못했소
다시 힘을 모아 남쪽에서부터 윗녘으로 올라가 공주에서 좌절
됐던
외세 척결, 농민이 주인 되는 개벽 세상 만들어 봅시다
고을마다 꽹과리며 북이며 흥겹게 호응하여 하나가 되니

농민군 기세에 수성군은 내빼기에 바빠, 벽사역은 쉽게 무너졌다
읍내에서 기다린 김방서, 이사경, 이인환, 구교철 장군이 거느린
농민들의 함성과 풍물은 장흥 강산을 들썩였고
벽사역을 넘어 장녕성까지 휘몰아칠 때 관군은 다 도망가고
부사 박헌양만 끝까지 싸우다 마지막을 맞이했다.

석대들에 3만여 군대 모여 북상을 준비할 때
전봉준 장군이 붙잡혔다는 소식이 들려왔다
앞이 캄캄하고 통곡이 절로 나왔지만 주먹 불끈 쥐고 다짐했다
힘을 모아 다시 싸우자 북상하여 전봉준을 구출하자

병영성의 신식무기 얻으려 파도처럼 병영성은 점령했으나 무기고를

  지키던 김두흡이 화약을 안고 무기고를 폭파하여 무장에 실패했다.

  토벌군이 몰려온다

  일본군이 장흥으로 내려온다.

  가진 것은 삼만 농민의 뜨거운 가슴

  낫, 죽창, 장태, 화승총으로는 일본군의 신식 총을 당해낼 수 없었다

  조양촌에서, 건산에서, 남외리에서 그리고 유앵동에서 일본군과 싸워 번번이 패했다.

  오색기 올리며 이산 저산을 포위하고, 자울재 넘어 장녕성으로 치달았으나

  쏟아지는 포탄 앞에 한치도 적에게 다가갈 수 없었다

  석대들 너른 들에서 일본군만 물리치면 된다

  죽기를 각오하고 싸웠으나

  적의 포탄 앞에 피범벅이 되었다.

  관산으로 대덕으로 뒷걸음치며 싸우고 싸웠다.

  백성이 주인 되는 세상! 장렬한 최후의 꿈을 위해.

덕도

이제는 뭍이 되어 섬이란 기억도 가물가물하나
남긴 자국은 전설로 남았다.

갑오년 섣달 옥산전투와 대흥전투를 마지막으로
연기처럼 홀연히 자취를 감춘 농민군들은 어디로 갔을까?

들키면 그 자리에서 도륙당할 처지지만
덕도 사람들은 관군의 눈을 피해
한재산 기슭 용암산록에 농민군을 피신시켜 옷과 음식을 나눴다
내 식구처럼 숨겼다가 어둠이 내리면
금당도, 평일도, 약산, 소랑도, 충도로 피신을 시켰다

관군과 일본군이 눈을 번득이고 뒤졌지만
단 한 명도 찾아내지 못한 신출기묘
덕도의 소년 사공 윤성도
나이 열여섯에 범선을 몰아
농민군들을 이 섬 저 섬에 민들레 씨앗처럼 퍼뜨렸다

혁명은 패했지만

사람이 하늘인, 사람답게 사는 새 세상

어디선가 꽃으로 피어날 거야.

동행

깃들지 않는 날이 많은 내 숙소에
주인 노릇 대신하는 손들 몇 있어
은근 서로 마음 기댄다

흙 한 줌 없는 시멘트 문간에
지난가을에 뿌린 추억 몇 장 붙들고
살가죽이거니 끄니겠거니 굳세게 자라는 키 작은 접시꽃
작년에는 없었으니 정처 없이 떠돌다
여기 뿌리내리고 싹 틔워 꽃부터 피웠으리

아침마다 담장에서 기다리는 또 한 주인장
어미 기다리는 코흘리개처럼 폴짝 뛰어 밥그릇 달려가다가도
한 발짝 다가가면 순식간에 사라지는 검은 꼬리 짐승
밥그릇 비었다며 야옹야옹 투정에 그래그래 어여 먹어라

공사통에 물 비운 뒤 개천
사막처럼 매일 불태우는 마른 천에서
어디서 살았다가 이 아침 와글와글 개구리 운다
너희들로 인해 다시 하루가 시작된다.

봄은 평화다

월출산 묏길에 생명의 소리 수런수런

얼었던 황톳길 포실하게 부풀고

새 혓바닥만 한 단풍잎이며

부끄럼타는 연분홍 진달래

저 홀로 철 이른 산벚꽃

저마다 부산하다

세간은 흉흉해도

들녘에 따뜻한 기운 아롱아롱

앞다퉈 터지는 소리

펑펑펑

봄은 평화다

반드시 오고야 말 내일이다.

시든 꽃잎을 따면서

봄 초화 현관 앞에 심었다
물 주는 족족 꽃대 오르고
새 꽃잎 벙글어진다
하룻밤 자고 나면 꽃송이
걸레쪼가리처럼 널브러지는데
어제의 그 애틋함으로 차마 걷어내지 못하니
대 놓고 새 꽃 위에 마구 스러진다.
안 되겠다
한 잎 한 잎 걷어내 땅으로 돌려보내니
그제야 한숨 푹 쉬며 환한 낯빛 되는 꽃밭

때 되면 미련 없이 보내는 마음.

에공 한 줄이다

목에 가시 걸린 듯 따끔거리고
뜨뜻한 안개가 자욱하게 차오르는 눈
묵직한 뒤통수 어디께서 꾸물거리는 통증
아까는 콜록거리기까지
아무래도 수상타

지난주 쉬는 시간마다 소식지 만든다고
내 방에 들락거리던 학생회장 확진 뜨고
봉사부장도 키트에 두 줄이란다

그 소리 듣고부터 몸이 싱숭생숭
확진되면 집에는 갈 수는 있나
나랑 함께한 그 많은 사람들은?
내가 없어도 학교는 돌아갈까….

에라 질끈 감고 검사하자
나를 검열하고 또 하는
빨간 두 줄이 이리도 무서운 거구나

감았던 눈 똑 뜨니
에공, 한 줄이다.

익숙함에 대하여

장동초 교문 앞에 과속 단속 카메라가 걸렸다
없던 혹이 생긴 양 불편하기 그지없다
학생 한 명 보이지 않은 길에 이게 뭔 짓인가
급정거할 때마다 구시렁구시렁

한참 지난 어느 날 같은 곳에서
몸이 저절로 거북이걸음 하는 나를 만났다
부당하다 치밀던 감정 어디 가고
쌩하고 달리는 차들 보면
목에 가시 걸린 것처럼 신경 쓰인다

결혼 초에도 그랬지
시댁 제사나 차례 지내는 시간부터
할머니, 시부모님 사랑 법까지
맞는 게 하나도 없다고
구시렁구시렁했는데

몇 년이 흐르고
잘 찐 고구마처럼 말랑거리자
아, 다른 것이었어
마음도 말랑해졌다.

낙엽

허버 부서 부렀네잉!
그란다고 이리 쉬이
다 놔 부렀으까?

하긴
갈 때를 아는 것이
질이제!

대선 공약

산책하는 골목길에 느티나무, 팽나무 버팀목 삼는 벤치가 있다.
거기 일터 삼아 배낭 부려 놓고 졸고 있는 공공 근로 어르신들

왕 나이트 성진이 포스터나 어울림 아파트 분양마감 플래카드
접었다 폈다 하거나 앉았다 누웠다 시간 죽이는데,

마치 남자 다섯, 여자 다섯 짝도 맞아서 소 눈깔만 한 비취반지,
쇠고랑만 한 누렁 목걸이, 빨간 입술 어우러져 담배 불씨 같은 긴
장이 돈다.

곁을 그냥 지나치기 민망해 눈인사라도 하면 '뭔가 연유가 있으
니까 아는 척하는 것 아니여! 분명히 일하는가 감시하러 왔그만'
해명도 멋쩍어 삐긋이 웃었는데, 그 뒤로 숫제 동사무소 직원 취
급이다. 몇 번은 나를 보면 놀이터로 피하거나, 어떤 날은 들으라
는 듯 큼큼 헛기침도 하더니. 낙엽이 소낙비처럼 쏟아지는 날 '하
따 존일에 얼렁얼렁 쓰시요, 싹싹 쓸어부랑께! 손이 부족해 인부
더 충원해사 쓰겠구만!' 간만에 신바람 났다.

오늘은 몽땅 옷을 벗은 앙상한 나무 밑에서 궁리가 한창인데 '아, 그랑께 내년에도 이 일을 해사 쓸랑가비여. 내년 선거까지 육 개월 연장해 준당마, 공약이 좋긴 좋당께'

65만 일자리 일꾼 할아부지 할무니들, 동네 청소 안 해도 좋은 께 앉은 자리 담배꽁초랑 검은콩 두유 껍질이나 가져가시랑께요.

빈집 1

비럭 등을 오르는 초입에
팔영댁 오래된 빈집 칠 벗겨진 대문

그녀는 늘 손에 걸레를 들고
반들반들 윤이 나게 마루를 닦거나
수숫대 빗자루로 싹싹 마당을 쓸었다.

마을 가운데 팔영댁 슬레이트집에는
마른 수수깡 같은 아이들 벌떼처럼 잉잉댔는데
그늘 깊은 수국꽃 덤불 속이나
품 너른 단풍나무 그늘이 옴빵져
아이들이 숨바꼭질하기 딱 좋아

이 빌어 묵을 놈의 새끼들아
집 어지러진다 싸게 안 나가냐!
금속성 몽당싸리비 총질 소리
지금도 아련하다

나뭇잎 하나 없이
햇살만 펼쳐 말리던 마당귀에
어느덧 잡초가 무성한데
벌 나비 떼는 여전히 잉잉 나네.

퇴화

주먹이 울끈불끈
가슴이 울컥불컥
고개 쳐들어 눈 부라리며
씨바! 하던 머슴아가
수능 보고, 군대 다녀와
새끼까지 보고서야
사람들은 저 자식 철났다 한다

상관 앞에서 무조건
ㄱ자로 엎어지는 걸 보고.

회화나무槐木

뙤약볕에
맨드라미, 봉선화, 배롱 붉게 달아오르는데
이팝보다 더 하얀 저 꽃
배고프다 배고프다 걸신들린 들풀 위로
아나 밥! 아나 밥!
고봉으로 쏟아지네

도포 자락 휘돌아 치는
중정中正 잃은 양반님 마당귀
떠억 하니 버텨 서서
네 이 노오옴!
그 일갈도 쟁쟁한데

잃어버린 십년 찾겠단 화사한 꿈에 취해
오장육부 다 내준 중생에 친히 납시어
남가일몽* 깨어나 실컷 먹으라 하네.

---

* 남가일몽(南柯一夢): 순우분이라는 사람이 꿈속에 괴안국(槐安國) 태수가 되어 호강
을 누리다 어느 날 꿈을 깨어보니, 바로 자기 집 뜰의 회화나무 밑동 아래의 개미나라를
갔다 온 것에 지나지 않았다는 이야기.

아름다운 거리

삼향천 굽어 보이는 3층 교실에서
영그는 녹음을 내려다보면
잔잔한 물결 위 황금 비늘 번쩍이고
미나리아재비, 억새며 노란 원추리
수초 숲에서 바람 그네 타며
헤헤 호호 자지러지네
거기 숨바꼭질 놀이 한창인 각시붕어 피라미
동심원 그리며 해바라기 하는 소금쟁이도 있겠지
깨복쟁이 신나는 물장구 아스라한
이곳은 하당의 섬진강

한 발짝 다가서면 시커먼 물속이며 구린 내음새
신도심의 욕망과 음습한 부유물까지
다 감싸 안아주는 아름다운 간격.

경동에는

유달산 끝자락에 추억만 무성한
디지털 파마기도 없는 미용실 앞 평상에는
동네 아줌마 수다가 따끈합니다

아랫도리 벗은 세 살배기 사내아이 두 팔 벌려
달려옵니다
딸랑딸랑
오메 내 새끼 일어났능가
몇십 년 만남 같은 반가운 상봉

담장 밖에 젓갈 궤짝 내놓고
열무 고추 가지 농사가 한창인
이 동네엔
아직도 얼기설기 추억의 흑백사진이 걸렸습니다.

별내 용동마을 봄맞이

매화 꽃망울 바람 그네 타는 해토머리

성마른 동무들 봄맞이 들녘을 나섰다

흙 갈색 몸 풀어 일찍이 꽃피운 냉이며

광대 풀 엉겅퀴 개망초 수런수런 철 일구는데

냉잇국 저녁상 보는 서미씨 손길이 설레인다

당최 속세를 잊고 오늘도 성덕원 봉사 갈 기대에 부풀어

신이 난 두성씨의 된장국 같은 꿈을 위해 나물 한 움큼 안겨주고

봄풀 돋아 고기 숨바꼭질하려던 저수지 할퀸 자국 벌겋게 나 신인데

가슴 시린 바오로 그 몸뚱이 품어 보겠다며 저편 홀로 오르락 내리락

신발에 해토만 잔뜩 묻혀 철벅거리며 온다

하마터면 고랑에 빠질 뻔했다며

어색하게 웃는 붉은 얼굴 뒤로 산비탈 황토밭이 딱 째이게 한 빛깔이다

그새 거름 낸 농부의 오토바이 꽁무니에 입김 같은 아지랑이 피고

마른 쑥대며 띠풀들 바스락거리며 명지바람 호리는 소리

포르르 날아오를 것 같은 참새 떼 소리 가슴에서 날고

희저 선생님 굴뚝 위로 나풀나풀 오르는 연기

입만 가져온 객들 오달지게 맞네 컹컹컹
밤새 한잠 못 자고 뒤척인 보람도 없이
입질 한번 없었다며 그래도 보듬어
반기시는 천 선생님

바지락젓, 어리굴젓, 오징어젓, 갈치속젓, 고추젓,
돔, 연포탕, 낙지회, 붕어찜, 봄배추, 고수….
나라님 수라상 부럽지 않은 남도의 풍성한 차림에
배 두들기며 청을 올린다
선생님, 젓갈이 있는 작가 백반집 열어요.

보은

연휴 길어서 며칠 못 볼 테니
이 냄비 저 냄비 그득 채우고
비 올까 저어하여 뚜껑 덮지만
조금만 흔들어도 열릴 수 있게
바람에 날아갈까 큰 돌 얹고
사택 비웠는데

몇 날 만에 와보니
온 마당 밥그릇 널브러지고
돌덩이 저만치 뒹구는데
털 뽀송한 새끼들까지
처마 밑에 대여섯 오종종 마중 나왔네

아이고 미안타
어여어여 먹어라, 많이 먹어라
사료랑 물만으론 안 되겠다
냉장고 털어
자리 비웠다 오니 감쪽같네

다음 날, 다음 날에도
밥그릇 옆에 새앙쥐 턱 눕혀두었는데
내가 세상에 젤 무서운 게 쥐란 걸
네발짐승이 어찌 알리
너에게 귀한 걸 내게 준 그 마음.

환갑

저 참에 들어왔던 빨간 경고등 또 들어온다.
분명 수리한 지 엊그제인데
이번엔 어디가 또 말썽일꼬

찬찬히 가봐도 덜덜거리고
세게 달리면 덜컹거리는
어딘가 또 크게 덧났나 보다.

이곳저곳 풀어헤쳐
청진기 들이대니
너덜너덜 견적이 가볍지 않아

에너지 만드는 갑상샘쯤일까
피돌기 원천 심장쯤일까
엔진 불꽃이 켜졌다 꺼졌다

목돈 주고 새로 부속 갈았으니
이제 몇 해 탈없겠지
돌아서는 뒷덜미에 가을바람 스산하여
그새 으스스 잇몸 시리다.

아름다운 교단 일지

시인 나태주

아름다운 교단 일지

　내가 김인순 선생을 알게 된 것은 2014년 5월 21일, 전남 영암군 삼호중학교로 문학강연을 하러 갔을 때의 일이다. 그 학교는 시골에 있는 학교인데 교사들이 아이들 교육에 매우 열성적이고 적극적인 학교였다. 이호 교사라든가 정승희 교사 같은 좋은 선생님 몇이 합심하여 아이들 교육에 대해 고민하고 아름답게 실천하는 모습을 보여주고 있었다.

　그런 선생님들의 중심에 김인순 교사가 있었다. 어쩌면 나를 문학강연에 초청하도록 제안해주고 추진해 준 사람이 김인순 교사였는지 모른다. 하지만 이들은 그런 걸 티 내지 않고 서로 잘 화합하며 학생들을 가르치고 있었다. 건강하고 무성한 숲을 바라보는 듯 그들은 참 보기 좋은 모습이었다.

내가 전국을 돌며 문학강연을 하면서 전남의 교육이 선진하고 우수하다는 걸 여러 차례 느꼈는데 그 계기가 또 삼호중학교에서의 인상 때문 아니었나 싶다. 중학교 다니는 아이들이 정서적으로 격해지고 흔들리는 경향을 붙잡아 주기 위해 나의 시 「풀꽃」을 아이들에게 외우게 한 학교가 삼호중학교이고 그걸 실천한 사람이 이호 교사이고 또 김인순 교사이다.

벌써 10년이나 지난 옛날의 일이지만 돌이켜 생각하면 많이 그립고 아름다웠던 시절이다. 그래, 우리에게 그런 좋은 시절이 있었고 또 그 자리에 참 좋은 사람들이 있었지. 이런 생각은 그 생각만으로도 가슴이 환해지고 따뜻해지고 우리에게 좋은 영향을 준다. 감사한 일이다.

그렇게 만난 뒤로도 우리는 띄엄띄엄 만났다. 김인순 교사가 학교를 옮길 때마다 나를 문학강연 명목으로 불러주었기 때문이다. 또 그럴 때마다 이호 선생이나 정승희 선생이 동석하며 자리를 따스하게 해주었다. 그야말로 한동안의 우리들 삶의 고비 고비가 참 아름다웠노라 말할 수 있겠다.

그렇지. 세월이 무던히 흘러 삼호중학교에서 만났던 사람들은 제각기 다른 학교로 옮겨가고 김인순 교사만 줄기차게 나를 불러 남도길에 세웠다. 끝내는 자신이 초빙 교장으로 근무하는 학교에 오게 했고 마지막으로는 초빙 교장 근무를 마치고 평교사로 복귀한 학교에 또 초청해 주어서 이번에는 아내와 동행, 학교 방문을 하기도 했다.

번번이 김인순 선생은 사람을 대하는데 지극정성이고 진심이었다. 열정적이기도 했다. 평범한 교사이기보다는 가슴 안에 뜨거운 그 어떤 열정과 의지를 숨기고 있는 인물이 분명했다. 그녀는 자기가 하는 일에 확고한 목표 의식을 갖고 있었고 사명 의식 또한 단단히 준비하고 있음이 분명했다. 교육 행위 차체가 자기의 삶이고 인생이고 생명 철학의 실천 방안으로 삼고 있음이었다.

그런 김인순 선생에게도 시간의 제약은 어쩔 수 없어 교직 정년의 시간이 왔다고 한다. 교직 정년을 앞두고 그동안 써 놓은 글들을 정리하여 책으로 한 권 냈으면 어떨까, 상의해 왔을 때 나는 기쁜 마음으로 원고를 청해서 읽었고 평소 좋은 출판사로 관계를 맺고 있는 도서출판 밥북의 주계수 대표를 소개해 드리기에 이르렀다.

처음, 글의 형식이 짤막짤막하고 그래서 시인 줄 알고 읽었다. 그런데 읽다가 보니 꼭 시가 아닌 것 같다는 생각이 들었다. 그렇다면 수필인가? 그러나 김인순 선생의 글은 수필도 아닌 글이었다. 매우 독특하고 특별한 형식의 글이었다. 다만 그 내용이 진솔하고 곡직曲盡하며 현실 감각에 충실한 글이었다. 교육 문제에 집중한 글이었다.

당연히 시집 해설을 쓰듯이 글을 써야겠다고 생각하며 글을 읽었는데 점점 그래서는 안 될 것 같다는 생각이 들었다. 일단 원고가 좀 더 정리되고 책이 PDF 상태가 되면 다시 보자 해서 PDF 상태로 온 원고를 보았더니 역시 내 생각이 틀리지 않았음을 확인할 수 있었다.

김인순 선생의 이번 책은 단순한 시집이나 문학 서적이 아니라 교단 일지日誌요, 오늘날 교단의 고민을 담뿍 안고 그 해결책을 도출해 내고자 하는 진정한 스승의 고백이 들어 있는 책이라고 할 수 있겠다. 어느 시절인들 교육에 대한 완벽한 해결책이 있을까. 다만 진지한 접근과 처방과 고민이 있을 뿐이다.

책의 제목이 『오늘, 너에게서 희망을 보았다』이다. 오히려 우리는 이런 책에서 오늘날 난마같이 얽힌 교육의 문제에 대한 희망을 읽는다. 김인순 선생 같은 좋은 교사가 이 땅에 있어서 교육의 현장이 어지럽고 힘들다 해도 조금쯤 해결의 가능성이 남고 그 출구와 희망을 찾을 수 있는 게 아닌가 싶다.

이제 김인순 선생은 머지않은 날에 교직을 떠나 자연인이

된다. 그렇지만 글을 쓸 줄 아는 능력이 있고 고민할 줄 아는 마음이 있으므로 자연인으로 돌아간 뒤에도 해야 할 일은 많고 많을 것이다. 부디 자신의 삶 속에서 더욱 크고도 분명한 가능성과 희망을 발견하여 앞으로, 앞으로 나아가기를 바란다.

앞으로 열릴 김인순 선생의 새로운 삶을 축복하고 응원한다. 건강하시라. 여전하시라. 그리고 새로운 날에 새로운 사람으로 다시금 태어나시라. 그런 날에 우리가 더욱 기쁘고 좋은 일로 다시금 만나는 날이 있으면 얼마나 좋을까? 나는 그런 날이 있을 것을 믿어 의심치 않는다.

시인 나 태 주

오늘, 너에게서 희망을 보았다

펴낸날 2024년 9월 6일

지은이 김인순
펴낸이 주계수 | **편집책임** 이슬기 | **꾸민이** 최송아

펴낸곳 밥북 | **출판등록** 제 2014-000085 호
주소 서울특별시 마포구 양화로 156 LG팰리스빌딩 917호
전화 02-6925-0370 | **팩스** 02-6925-0380
홈페이지 www.bobbook.co.kr | **이메일** bobbook@hanmail.net

© 김인순, 2024.
ISBN 979-11-7223-028-9 (03810)